PAROLE

D'UN CHRÉTIEN

A SON SIÈCLE,

PAR L'ABBÉ CONSTANT SYMOND.

Tempus faciendi, Domine, dissipaverunt legem tuam! (Ps. 118.)

Il est temps d'agir, ô Seigneur : ils ont abandonné votre loi!

PARIS,
A LA LIBRAIRIE DES LIVRES LITURGIQUES ILLUSTRÉS
DE PLON FRÈRES,
RUE DE VAUGIRARD, 36.

1851

PAROLE

D'UN CHRÉTIEN

A SON SIÈCLE.

PARIS. IMPRIMÉ PAR PLON FRÈRES,
36, RUE DE VAUGIRARD.

PRÉFACE.

Des maux extrêmes travaillent les sociétés modernes et menacent de consommer leur ruine, si Dieu ne les sauve promptement par quelque coup extraordinaire de sa sagesse. Qui ne frémirait en voyant les peuples les plus illustres de l'Europe s'agiter en convulsions mortelles, pleins de terreur et d'angoisse, et pour comble de disgrâce, tombés aux mains de mille empiriques sans génie? Ceux-ci ne s'attachant qu'à des détails, sans monter aux causes du désordre, tourmentent jusqu'à l'agonie elle-même et redoublent par leurs incertitudes la confusion générale.

Les crises sociales, si terribles qu'elles soient, ont pourtant cet avantage que l'ombre et la lumière s'y dessinent avec plus de relief, et que la vérité méprisée forme avec l'erreur une opposition éclatante, relevée encore par le honteux crédit qui s'attache à cette dernière. Ainsi le Christ, la vérité incarnée, traîné de tribunal en tribunal et humilié jusqu'à la mort, silencieux dans les opprobres qui l'enveloppent comme d'un linceul, semble grandir outre mesure au milieu des insultes de ses ennemis, si bien que sa divinité brille d'un plus vif éclat dans la profondeur de ses ignominies. Or, pourquoi ce contraste si frappant entre l'erreur et la vérité? C'est que, quoi qu'on fasse, la vérité est impérissable; c'est que, *indépendamment de la forme particulière des gouvernements ou de la police extérieure des États*, il existe en une société des principes qui en sont le fondement nécessaire et contre lesquels il n'y a point de prescription.

Ces principes, simples et féconds tout ensemble, se peuvent résumer en peu de mots : une religion qui rallie les esprits en la plus essentielle des unités, un pouvoir fort et respecté qui soit comme la clef de voûte de l'édifice social, une hiérarchie fondée sur le dévouement à la chose publique, une justice prompte et facile pour tous, aux malheureux aide et protection. Essayez de briser cette harmonie de la religion, du pouvoir, de la justice et de l'humanité : soutenez, si bon vous semble, que la religion est chose arbitraire, que le pouvoir doit être instable et mobile, la hiérarchie réputée comme une fiction, la justice comme un instrument souple aux mains de la force et la pauvreté comme un droit à la richesse. Le monde renversé et séparé par une étrange violence des lois éternelles qui assurent son existence, il se fait pour ainsi dire un effroyable vide et une nuit sinistre, dont l'horreur décèle des crimes inouïs, commis dans l'ordre moral. La vie des peuples baisse comme une lampe qui s'éteint. Le malaise et la souffrance se trahissent de toutes parts, malgré les plus magnifiques promesses de bonheur et les expédients que les habiles savent si bien trouver pour pallier les cruelles réalités de la misère et imprimer un mouvement factice à l'immobilité de la mort. Apparence décevante! quel espoir raisonnable vous reste encore? où est votre raison d'être? votre présent, quel est-il? il vous fait horreur. Votre avenir? il vous épouvante, parce qu'il vous échappe. Pouvez-vous seulement répondre du lendemain?

Ils ignorent, les habiles du siècle, une vérité profonde, c'est que tant s'en faut que la liberté de l'homme soit illimitée et que toutes choses aient été livrées aux caprices de son franc arbitre. Dieu a tracé autour de sa créature libre un cercle pour s'y mouvoir et s'y étendre, sous la condition toutefois qu'à l'instant même où elle tenterait de le franchir, rencontrant des lois nécessaires et insurmontables à son essor audacieux, elle tomberait comme une victime sous le coup de la fatalité. Moment terrible! Le monde en son ivresse chancelle sur ses bases ébranlées. L'image de l'antique chaos reparaît sur la terre et semble solliciter une particulière intervention d'une providence réparatrice; car Dieu seul peut rappeler par une transformation nouvelle l'ordre, l'harmonie et l'unité dans l'abîme de la dissolution, où s'agitent pêle-mêle, sans frein comme sans intelligence, les vices et les passions, les rêves insensés, les oppressions et les vengeances, fange impure et ramassée par le cours de plusieurs siècles.

Or, notre siècle, qui a recueilli comme une succession de famille les erreurs des âges passés, les a aussi poussées jusque dans leurs dernières conséquences. Et déjà s'il avait eu à son ordre la puissance et des hommes assez prodigieux dans le mal, il eût donné à l'univers une de ces représentations monstrueuses telles qu'on en voit l'ébauche dans la Babel des livres saints ou dans les entreprises de ces géants, parvenues jusqu'à nous sous le voile ingénieux des fables païennes. Mais notre siècle est comme enchaîné en son aveugle fureur, parce qu'il s'est de soi-même précipité dans le domaine de la fatalité. C'est là que, surpris à son insu par une sagesse plus forte que la sienne, il doit rendre compte de ses attentats et témoignage à la vérité si longtemps outragée. Cette marque fatale lui imprime un caractère singulier et le range parmi les rares époques du monde, qui ont vu les sociétés humaines pencher vers leur déclin, soit par l'ascendant de doctrines négatives, soit aussi par l'effet de vices et d'abus, pressant l'endroit où palpite la vie des peuples, comme pour l'étouffer dans leur haine. C'est à ces époques que Dieu, immobile en son éternité, et l'homme, enflé de sa propre intempérance, se rencontrent comme deux puissances qui en viennent à une rupture ouverte. Mais alors Dieu se lève en sa majesté, et revendiquant tous ses droits, il fait entendre sa sentence au coupable étonné en même temps que réveillé du sommeil de ses illusions séculaires.

Que les uns espèrent, que les autres tremblent, il n'importe. Entre les espérances des premiers et le stérile effroi des seconds, il y a encore une place, encore un devoir à remplir. Qu'est-ce donc? Rappeler sans crainte ni respect humain les principes essentiels, sur lesquels se fondent les sociétés, en déterminer les notions principales et convier à leur clarté les hommes d'un cœur simple et droit, lesquels finalement seront les sauveurs de l'ordre social, s'il est vrai qu'il n'y a de salut que par la vérité : tel est le but que je me suis proposé d'atteindre et l'esprit qui m'anime à une pareille entreprise. Et dût mon insuffisance ne correspondre pas à mon effort, dût ma voix être couverte par le brûit de l'orage qui gronde en ce moment, cet écrit, publié à la veille d'une lutte décisive, n'en sera pas moins une énergique protestation contre les intolérables faussetés dont l'enivrement ou la tyrannie aveugle les intelligences. Le temps, ami de la sagesse, respectera ce que méprise une folie éphémère. Allez donc, enflez vos paroles, concertez vos desseins, comblez votre mesure, enfoncez-vous dans l'abîme qui vous réclame : la victoire est assurée à l'avance, et déjà les vainqueurs et les vaincus sont marqués au front. Spectacle sublime en son horreur réservé aux regards de ce siècle! Attente pleine d'émotion et d'un secret frémissement comme aux approches d'une noire tempête ou du conflit de deux formidables adversaires, dont les fiers courages, irrités par la crainte de la dernière des hontes ou par l'appât de la plus incomparable des gloires, vont fixer les destinées du monde.

La doctrine catholique n'est pas moins la sauvegarde que la plus fidèle expression des principes fondamentaux de toute société; et c'est moyennant ses généreuses influences que les peuples chrétiens ont surpassé en grandeur et en perfection les peuples qui les avaient précédés. Nous n'avons donc pas hésité à estimer d'après sa mesure les hommes et les choses, leurs maximes et leur conduite. Placé, loin de l'intrigue des partis, dans les régions toujours sereines de la vérité, il nous a été facile de la voir descendre sur les systèmes et les institutions, les flétrir ou les absoudre et porter en son impassible austérité une sentence de vie ou de mort. Car d'elle seule relèvent tous les temps et l'avenir est son partage, quelles que soient, d'ailleurs, les prétentions de ceux qui la méconnaissent. En ces jours mauvais, tandis que le doute et l'incertitude nous accablent de toutes parts, comment ne pas chercher un rayon d'intelligence dans l'essence pure et immortelle d'une doctrine qui, ayant sanctifié les premiers commencements du genre humain, en couronnera les derniers instants, après l'avoir accompagné, bien que souvent contredite et reniée, durant les épreuves de sa longue carrière? Aussi, éclairé par une telle lumière et fortifié par la conscience de son invincible autorité, nous n'avons pas craint de parler sans égard ni acception de personne. Le temps des réticences et des ménagements est fini, et le jour est venu que toutes les vérités générales et particulières doivent éclater pour le salut commun à la face du ciel et de la terre avec la franchise et la liberté la plus impartiale.

Pour ce qui regarde la forme de cet ouvrage, il nous a semblé que des pensées, détachées et sans un lien logique apparent, auraient un tour plus vif et plus concis, capable de captiver par la soudaineté de l'évidence des lecteurs indifférents ou distraits plus sûrement que ne pourraient le faire les graves déductions du raisonnement. Et puisque de la bonne ordonnance du discours dépend une des principales conditions de sa clarté; nous nous sommes appliqué à suivre un ordre aussi facile que naturel : nous avons donc consacré une première partie à examiner par une vue rapide et sommaire le développement et les institutions de la société depuis trois siècles environ. La deuxième partie n'est à proprement parler que la suite de la première, d'autant que l'on s'y occupe du socialisme et du communisme, dernière et terrible vibration d'un mouvement social, lequel ayant eu pour son point de départ une négation fondamentale, est venu graduellement aboutir à la plus extrême des négations. Dans la troisième, remontant des effets aux causes, nous présentons un ensemble de réflexions sur la religion et la philosophie. Ces pensées seront plus pratiques que spéculatives et aussi plus appropriées à l'état des présentes conjonctures. Enfin, nous avons pensé que ce ne serait pas faire acte de présomption ni de témérité, défauts si ordinaires en ce siècle, si nous nous hasardions à jeter un regard sur l'avenir, en ne nous départant pas de ce que dicte le bon sens, toujours propice à ceux qui recherchent sa lumière avec calme et simplicité.

PAROLE
D'UN CHRÉTIEN
A SON SIÈCLE.

PREMIÈRE PARTIE.

POLITIQUE, MOEURS ET LITTÉRATURE.

Qu'est-ce que le pouvoir en sa considération la plus générale? et d'abord d'où vient-il? Sans passer par les aridités d'une définition, un exemple éclaircira cette origine. Raphaël conquiert une éminente autorité dans le règne de la peinture. Comment ou par quel moyen? Par une force toute particulière, par une faculté plus riche et plus pénétrante dans cet ordre des inventions humaines, si bien qu'il étend son pouvoir d'artiste sur toute intelligence capable de comprendre le beau et d'en priser la parfaite imitation. Est-ce à dire que Raphaël tient ce pouvoir des suffrages du public? Qui oserait le prononcer, puisqu'il est clair qu'il ne le doit qu'à une puissance non moins qu'à une faculté, inhérentes à sa personne et qui ne relèvent que de Dieu? Car, à supposer que personne n'admirât les tableaux de Raphaël, cela n'empêcherait pas qu'il ne fût le peintre par excellence dans les temps modernes. Aussi telle est la marque et la mission du génie sur la terre, qu'il élève les hommes jusqu'à sa propre hauteur, descendant pour ainsi dire du faîte où il est placé pour leur communiquer la lumière dont il est le porteur et le flambeau. Aussi, et par une conséquence irrécusable, le plus détestable crime qui puisse souiller le génie consiste-t-il à ne pas offrir l'hommage et l'adoration à Dieu, d'où découle *tout bienfait excellent et tout don accompli*. La conclusion que j'ai appuyée par un exemple emprunté à la peinture, s'applique aux autres parties des beaux-arts, aux sciences et à toutes les inventions de l'esprit humain, dans lesquelles les hommes supérieurs ont exercé leur pouvoir; monarques de l'intelligence qui commandent le respect, immortels souverains dont le trône repose sur un fondement éternel. Oui, le pouvoir dans le domaine des arts et des sciences descend partout et toujours d'en haut, dédaignant toute autre origine que celle du *père des lumières*, source pure et inépuisable, qui ne connaît, en sa glorieuse et féconde immobilité, ni *changement, ni l'ombre d'une révolution.*

Cette vérité étant établie, le pouvoir religieux, civil et politique sera-t-il de pire condition? car, si l'homme est la merveille et le chef-d'œuvre de Dieu sur la terre, la société, où il doit accomplir sa destinée, ne mérite-t-elle pas les soins d'une haute et particulière providence? « Il y a des âmes fatales, n'en doutons pas, observe un des grands écrivains de notre langue (M. de Balzac[1], qu'il faut bien se garder de confondre avec un M. Balzac, romancier de notre temps et très-mauvais écrivain), qui sont d'un ordre supérieur, qui naissent maîtresses et souveraines des autres âmes, qui viennent renouveler le monde et changer la face de leur siècle. Ces âmes ne viennent ni en foule, ni tous les jours : un ancien a dit d'elles que tout le ciel était occupé à faire leur destinée; à ces génies du pouvoir, il est donné de fonder une dynastie, c'est-à-dire une puissance, ainsi que des institutions qui portent une empreinte providentielle et se perpétuent par

[1] Discours II, au cardinal de Bentivoglio.

voie héréditaire ou par voie d'élection. Et de ce qu'une dynastie ou une institution vient à périr (car si une cause motive son élévation, de même aussi sa décadence), il ne s'ensuit pas qu'il soit loisible à tous intrus de se repaître de ses débris et d'en faire leur proie. Mais, soit qu'une dynastie ou une institution par voie héréditaire ou par voie élective soit directement établie de Dieu, par un génie politique ou *âme fatale*, ou encore par le temps, dont l'autorité mystérieuse imprime une sanction aux choses humaines, toujours est-il qu'un pouvoir véritable doit fournir un de ces deux ou trois titres, et par là déclarer la légitimité de sa descendance. La violence, mise en branle par la cupidité et de non moins ignobles passions, ne fut et ne sera jamais durable, car la violence appelle la violence, et rien de plus, et toujours ils sont à l'ordre les bras qui doivent emporter les cadavres, gorgés de sang et de rapine.

Or, voilà ce que proclame la sagesse des siècles, immortelle en sa jeunesse, parce qu'elle est immortelle en sa vérité : toutes les fois qu'une grande pensée se produit sur la scène du monde, l'ordre, la grâce, la piété et le désintéressement germent et s'épanouissent autour d'elle comme ses rejetons naturels; mais la débauche, le meurtre et l'impiété, jamais, jamais! Car, comme le chantait, il y a mille ans, le poëte de la Grèce héroïque : Celui qui méprise Dieu creuse sa tombe.

Par quel mode et d'après quelles conditions le pouvoir devra-t-il être transmis? Cette grave question reparaît et se remue au fond de toutes les révolutions et touche de si près la propriété, que chaque changement considérable qui survient dans la transmission du pouvoir affecte l'état de la propriété. Après une révolution où toutes les institutions ont fait naufrage, sans que depuis l'on n'ait rien édifié de stable, la même question renaît plus formidable et jette à des hommes interdits et suspendus entre les traditions du passé et les angoisses du présent et de l'avenir ce défi terrible :

Devine, si tu peux, et choisis, si tu l'oses.

Lorsqu'un écrivain bourgeois entreprend d'expliquer les causes par où la bourgeoisie devait monter au pouvoir, il commence par relever avec une minutieuse attention l'ancienneté des municipes, l'importance des communes et leur union avec les rois, la politique franche et constante de l'autorité royale, les excès et les fautes de la noblesse. Il signale les coups que lui portent successivement Louis XI, Richelieu, Louis XIV, les orgies de Louis XV et de la philosophie du siècle dernier. Enfin, après de longs circuits dans le champ de l'histoire, l'historien tire sa conclusion : donc la bourgeoisie doit gouverner les peuples et administrer la chose publique.

Fort bien, reprend un écrivain qui prête sa plume au peuple, lequel ne sait pas écrire : à ce compte-là, pourquoi le peuple n'aurait-il pas son tour ? Et poussant plus avant le raisonnement, il s'évertue à nous prouver comme quoi dès le temps de Clovis il y avait un peuple et que ce peuple n'a jamais cessé d'exister, donnant çà et là des signes de vie très-significatifs. Ses travaux et ses services dans l'agriculture, l'industrie et la guerre, rien n'est oublié. Il marque avec sagacité les endroits faibles, les vices et l'insuffisance de la bourgeoisie, et il conclut à sa façon : donc le peuple se doit gouverner soi-même et tenir en main les rênes de la chose publique. Or, lequel des deux est dans le vrai, de l'écrivain de la bourgeoisie ou de l'écrivain du peuple? Ni l'un ni l'autre, à mon sens.

Abattre des têtes fières et hautaines et que dominait un intérêt particulier, détruire des desseins qui menaçaient la patrie d'une division inévitable, accorder dans un même sentiment les villes et les provinces, réunir en un même esprit des parties séparées et en former un corps plein de vie et de puissance, et conduire sûrement un peuple à la possession du plus désirable des biens, à l'unité comme à l'indépendance nationale, telle est la gloire et la solide grandeur des monarques français. Aussi, tant qu'ils ont combattu la noblesse pour le succès de ce grand œuvre, leurs armes ont été bénies de Dieu et des hommes. Mais, lorsque, assurés de l'heureuse issue de leur entreprise, ils ont ravalé cette même noblesse par des titres prodigués à la vénalité ou par des faveurs arbitraires et souvent honteuses, créant de la sorte une noblesse factice et méprisable aux yeux des peuples, qu'ont-ils fait? Ils ont agi comme agissent tous les révolutionnaires, lesquels, sous prétexte de détruire les abus, détruisent les institutions, ou comme le sauvage, qui coupe l'arbre par sa racine pour en cueillir le fruit. Si bien, qu'après s'être imprudemment emportés au delà du but qu'il fallait atteindre, ils ont pu jouir à leur aise d'une autorité solitaire, mais dénuée de son fondement naturel. A l'abaissement du premier corps de l'État a succédé la stérile institution des parlements, moitié civils et moitié politiques, muets devant la force, braves contre la faiblesse, inquiets et ambitieux sans desseins arrêtés et sans prévoyance de l'avenir, biaisant toujours entre le respect et la rébellion, et finalement allant, comme entraînés par un courant irrésistible, s'ensevelir avec leurs défauts et leurs vertus sous les ruines de la monarchie. Bien loin de frapper à mort la noblesse, dont les veines nourrissaient un sang généreux et patriotique, il fallait la dépouiller de ses préjugés par trop exclusifs et la relever au-dessus d'elle-même, en lui ouvrant la science des affaires civiles et administratives, c'est-à-dire en lui conservant son caractère primitif. Ainsi l'on eût fondé une institution, d'une part assez fixe pour veiller fidèlement au dépôt des traditions nationales, et de l'autre assez mobile pour recueillir dans son sein les esprits supérieurs et se prêter sans danger aux tempéraments réclamés par les temps et les circonstances.

Il est vrai de dire que la noblesse n'a su résister ni à la force, parce qu'elle était divisée, ni au prestige du pouvoir, parce qu'elle était vaine et légère, ni à ses propres faiblesses, parce qu'elle a méconnu ses véritables intérêts. Elle se montra tour à tour rude et guerroyante au temps de la féodalité, aveuglée et précipitée par l'énormité de ses prétentions sous la Ligue, infidèle en un grand nombre de ses membres à la foi de ses ancêtres, pétrifiée devant la figure du grand cardinal, remuante sans objet durant la Fronde, docile et fascinée jusqu'au prodige sous Louis XIV, sous le régent débauchée, méprisable et méprisée sous Louis XV, désertant à l'étranger sous Louis XVI, et enfin se réveillant de l'assoupissement où avait langui sa vertu, devant la hache du bourreau qu'elle fixa sans pâlir, comme pour braver encore une fois la mort et dire à la vie un héroïque et dernier adieu! Car cette noblesse, si chagrinement dénigrée, quel éclat n'avait-elle pas jeté en Europe par les grâces de sa spirituelle urbanité, sa vaillance toute chevaleresque, ses dévouements et sa fidélité, et ce culte de l'honneur, dont elle avait élevé les autels dans son propre cœur! Un jour la postérité n'apprendra pas sans admiration que la noblesse de France a maintenu, racheté, agrandi et porté peut-être jusqu'à ses dernières limites le territoire de sa patrie, et cela au prix d'un sang versé de génération en génération pendant douze siècles, tandis qu'elle vouera ses mépris à cette aristocratie de finance qu'on a semblé lui vouloir opposer durant le cours de ces dernières années, toutes pleines d'ignominies.

N'y a-t-il pas de quoi s'étonner que la noblesse, après avoir traversé tant de malheurs et de ruines, se soit survécu dans une ombre d'elle-même, en ce qu'on appelle un parti? C'est que les institutions, primitivement fondées sur le dévouement et le sacrifice de la vie, jouissent du privilége d'une incalculable durée.

Les déclarations contre les nobles, les riches, les puissants, les abus de l'autorité, m'inspirent une singulière méfiance. Non pas qu'elles ne portent souvent sur d'irrécusables vérités; mais outre qu'à ces vérités se mêlent le plus souvent le mensonge et l'exagération, l'œil de lynx qui les perçoit est l'œil de l'envie et de l'ardente convoitise. L'expérience ne nous atteste-t-elle pas que les hommes qui du sein de la pauvreté se sont déchaînés contre la richesse et la puissance, devenus à leur tour riches et puissants, se sont montrés plus insupportables que leurs devanciers?

Plus de priviléges ! à merveille. Mais qu'est-ce que la vie elle-même, sinon un privilége? Je passe sous silence la vie éternelle, à laquelle vous ne croyez pas. Et vous qui parlez ainsi, vous chefs de partis qui remplissez le monde de vos clameurs, n'avez-vous pas le privilége d'une gloire contemporaine, le privilége d'une vanité satisfaite, le privilége de la richesse que vous valent vos discours et vos livres?

Plus d'autorité! plus d'intolérance! Comprenez donc que toute doctrine, sans exception aucune, ne se maintient que par l'autorité et par l'intolérance, conditions essentielles de tout ordre et de toute vie. Vos cruautés passées et présentes, à vous sanguinaires sectateurs de la tolérance, n'en seraient-elles pas la meilleure des preuves? Et cependant vos cruautés n'avaient pour objet que de défendre les plus monstrueuses erreurs et de faire violence à la conscience du genre humain.

Comment les rois, disons mieux, comment les pouvoirs, d'abord élevés sous le regard de la Providence, viennent-ils à décliner pour tomber ensuite d'une chute irréparable? Ils tombent, parce que, loin d'épandre la vie dont les sources leur ont été confiées, ils la retirent et la ramassent en eux-mêmes. Ils tombent, parce que leur insatiable autorité prend ombrage de toute force et de toute grandeur, et qu'au lieu de maintenir les institutions et de leur ajouter des perfections nouvelles, ils les altèrent ou les détruisent. Alors ils demeurent seuls au gré de leurs désirs, sans amour et sans dévouement autour d'eux, et pour perspective un gouffre, dont ils entrevoient les profondeurs dévorantes.

L'histoire de France, à la prendre selon une certaine vue, est-elle autre chose qu'une représentation de l'intempérance de tous les pouvoirs, laquelle a mis la société française sur l'abîme qui semble s'entr'ouvrir sous nos pas?

C'était un corps imposant que le clergé de France, un corps considérable par ses vertus, ses lumières, ses richesses mêmes et son rang dans l'État. Au commencement du dix-septième siècle, il avait ressenti les influences d'un saint Vincent de Paul, de qui la sagesse et la suréminente charité avaient fait naître une famille d'âmes choisies et passionnées pour le bien, en même temps que par une rencontre non moins admirable le génie s'était allié à la sainteté, lui prêtant l'éclat de sa pensée et l'attrait de sa parole. Mais tant de gloire et de bonheur devaient avoir leur déclin.

Louis XIV et les derniers grands hommes de son siècle étaient descendus dans la tombe, laissant après eux une voix pure et mélodieuse, comme pour rappeler encore une fois les convenances souveraines de la religion et préparer à la vertu qui s'éteignait le secours d'une grâce persuasive.

Mais alors, soit que le long règne de Louis XIV eût porté une atteinte profonde aux institutions de l'État, et que son despotisme, ne leur substituant que des formes aussi vides que fastueuses, eût irrité les esprits et réveillé en eux une haine implacable contre l'autorité, soit que l'erreur, loin de s'affaiblir, eût retrouvé de nouvelles forces dans le mystère, ou même que la défense de la vérité, défense d'ailleurs si belle et si glorieuse, ne se fût pas assez étendue dans l'avenir, la décadence se déclara par des signes funestes et avant-coureurs d'une catastrophe. Les études sacrées se relâchant avec la piété et la discipline, l'érudition prolixe remplaça les élans vigoureux de la pensée, tandis que des questions théologiques, dégénérées en subtilités et en intrigues sans fin, semaient le désordre dans les rangs de la milice cléricale. Toutes ces causes ne suffiraient pas à rendre raison d'un aussi déplorable abaissement, si nous n'ajoutions que le clergé, sans souci et sans prévoyance, se livra librement aux délices d'une vie molle et paresseuse, jusque-là même que quelques-uns de ses membres, les plus élevés en dignité, entretenaient le public du bruit de leurs scandales et du spectacle de leurs débordements.

Près des abus veillait un homme qui, les observant d'un œil satanique, immola du même coup et le prêtre coupable et les principes religieux, et sut entraîner son siècle dans la complicité de ses destructions. Son sarcasme impitoyable éclata, et ses contemporains se prirent d'un rire insensé qui ne se ralentit point durant une orgie de soixante années. On eût dit que tout dût faire défaut au même moment. Vainement ce qui restait de sages et de croyants appela un de ces génies sauveurs, anges gardiens de la vérité, dont la parole, semblable à un glaive invincible, jette dans le cœur de ses ennemis je ne sais quel trouble et quelle terreur salutaire. Cependant on jouait, on s'endormait sur le bord de l'abîme. L'orage gronda, et l'on se réveillait à peine du long enchantement des illusions, que déjà la foudre avait frappé et dispersé le clergé, plongé soudain dans les cachots et le sang; heureux, lorsque pour dernière grâce l'exil et l'aumône de l'étranger devenaient son partage.

C'en était fait de la religion en France, si le Dieu des miséricordes, prenant par la main un jeune conquérant et l'environnant du prestige de la gloire, ne l'eût ramenée sur une terre encore tout émue des fureurs impies qui l'avaient tourmentée. Ils revinrent, les tristes débris d'un clergé jadis si florissant, et ses mains, purifiées par le malheur, se mirent à relever les autels abattus, offrant le sacrifice de réconciliation en expiation des crimes de leur patrie. Or, ces hommes de l'exil, comment les avez-vous traités? Bien loin de compatir à leurs misères, vous les avez accueillis avec une farouche méfiance; vous les avez poursuivis de vos aveugles ressentiments; vous leur avez versé sans mesure le fiel et l'ironie. Le bien qu'ils opéraient, vous l'avez traversé par vos menées; le mal, vous l'avez envenimé avec préméditation. Que dirai-je? Stupides même au regard de vos plus chers intérêts, vous avez de nouveau poussé la société sur la pente de révolutions où vous disparaîtrez vous-mêmes.

Qui osera contester à la bourgeoisie son incontestable supériorité? Tout a conspiré à son élévation, les fautes des nobles, non moins que le courant des événements. On l'a vue prendre la place des rois et de la noblesse, portée comme par miracle au faîte des choses humaines qu'elle considérait de loin, sans espérer y jamais atteindre. La législation, les emplois, les faveurs, les trésors de l'État, les ressources du commerce, les grands capitaux, l'éloquence, l'habileté sont passés de son côté comme pour relever son triomphe. Aussi est-on en droit de lui demander, à elle qui l'a tant de fois exigé des autres, un compte rigoureux de tant de grandeurs réunies et comme accumulées sur sa tête.

Or, sous son règne, la France, déchue de la haute estime où l'avaient établie ses anciens monarques, est tombée si bas près des peuples étrangers, qu'on ne saurait dire si c'est du mépris ou de l'indifférence qu'elle leur inspire. Ses anciens alliés l'ont abandonnée. A défaut d'alliés et d'une politique assurée en ses démarches, elle a fait une guerre de pirates par ses gazettes et ses pamphlets qu'elle a lancés au loin, soulevant des incendies qu'elle ne savait ni nourrir ni éteindre, ou bien elle s'est traînée à l'ombre de quelque peuple puissant et au cri de : Vive la paix à tout prix ! Quelle entreprise mémorable a marqué l'avénement de la bourgeoisie au gouvernement des affaires publiques? Sous son influence, la littérature a dégénéré jusqu'à n'être plus qu'une confusion d'idées et de langage, baptisée sous le nom de romantisme. La philosophie, étayée sur l'analyse, s'est à peu près limitée à des négations, ou égarée en des abstractions d'où s'échappent des vapeurs funestes à tout principe de vie. Les beaux-arts ont en général langui dans la médiocrité, quand ils ne se sont pas souillés par l'orgie et l'impudeur. Avec l'abaissement de toutes les conditions de la société, la femme n'a plus occupé ce haut rang où la maintenait jadis l'estime publique, et les liens de la famille, relâchés par la licence d'une présomption irrévérencieuse, ont perdu de leur sainteté première. La jeunesse, parquée dans des lycées ou colléges, a dû acheter le bienfait de l'instruction au détriment de ses mœurs et de sa piété; et l'enfance, par une corruption précoce, s'est nourrie des exemples et des maximes de l'irréligion. Le parjure, mis à la mode, a rencontré une indulgence coupable : plus de convictions sérieuses, et partant, plus de fidélité. L'intérêt a fait tourner toutes les têtes, et l'idole du veau d'or, posée sur un piédestal, a été encensée par des multitudes ivres des voluptés de la matière.

Que des novateurs s'élèvent audacieux et menaçants au nom du peuple, on sait d'avance quelles passions se remuent au fond de leurs âmes. Mais qu'aurait à répondre la bourgeoisie à celui qui lui tiendrait le langage suivant :

« Rappelez-vous, messieurs, que les plus cruels ennemis de la religion de vos ancêtres sont sortis de vos rangs; que leur haine s'est emportée jusqu'à la furie contre ses autels et ses ministres; que vous vous êtes partagé les dépouilles de la noblesse et du clergé; que vous avez décapité un roi, conspiré contre le héros des temps modernes, chassé une vieille dynastie, éconduit ou laissé éconduire un roi que vous aviez élu ou créé à votre image; et que par malheur ces faits ou plutôt ces crimes sont de si fraîche date, que le temps n'a pu encore les couvrir de sa rouille. Ainsi, violation expresse et inique de la propriété, violation de l'autorité dans le plus doux et le plus vertueux des rois que vous avez immolé, et dans un grand homme que vous avez trahi; puis, par récidive, dans une vieille dynastie; puis encore, incorrigibles que vous êtes, dans un membre injustement couronné de cette même dynastie; violation des lois divines dans le clergé, dont le sang ne vous a pas fait horreur; enfin, violation de la bonne foi et de l'honnêteté, puisque vos historiens racontent ces atrocités avec un imperturbable sang-froid, usant même de mille palliatifs pour en déguiser l'odieux. Et, après tout cela, vous vous étonnez qu'il se trouve d'autres hommes surpris à leur tour de la tentation de vous dépouiller comme vous avez dépouillé les autres; et, en cas de résistance de votre part, de vous couper la gorge, c'est-à-dire de ne faire ni plus ni moins que ce que vous avez fait vous-mêmes avec une moindre raison!

Chacun pour soi, chacun chez soi! ignoble maxime échappée à une lèvre bourgeoise! Monstrueuse expression du plus monstrueux égoïsme! Elle rend à l'oreille comme un son de malédiction.

Les *masses!* terme détourné de sa signification véritable pour être appliqué aux peuples par la bourgeoisie. Peut-on imaginer quelque chose de plus grossier et affecter un mépris plus insolent?

Quel esprit assez délié pourra découvrir l'objet des affections de la bourgeoisie? Aime-t-elle les rois? Non, assurément; ce sont à son aune de trop hauts seigneurs. Les nobles? Pas davantage. Les prêtres? Moins encore; elle les a maudits et bafoués. Le peuple? Elle le méprise en le faisant servir à ses calculs, sans l'associer le moins du monde à ses profits. Il est peut-être permis de se demander si la bourgeoisie s'aime elle-même? A quoi je répondrai que, s'aimant d'une très-méchante manière, elle n'est pas loin de se haïr.

O peuple, tes misères sont grandes, et quelles entrailles d'homme n'en seraient pas émues? Tes plaies sont profondes, qui oserait les sonder? Tu contemples d'un œil jaloux le banquet de la fortune, où l'or et toutes ses joies reluisent, et ta convoitise est comme un lit de douleur où tu t'agites, tandis que tes conducteurs t'obsèdent de leurs rêves mensongers et te poussent au crime en réveillant ta colère par l'aiguillon de leurs discours. Et tu ressembles aux épis des moissons çà et là ondoyants aux caprices des vents. Mais, sache-le bien, ô peuple, et grave en ton âme ces paroles : Encore que, par ton ignorance et devenu l'aveugle instrument de passions qui ne sont pas les tiennes, tu aies le pouvoir d'accabler la société d'incalculables malheurs, toujours est-il que le sang que tu verseras retombera sur ta tête, et ta dernière servitude que couvrent de fleurs tes prétendants, sera pire que la première; car les déceptions traînent après elles de fatales et impitoyables conséquences.

Mais quelle langue pourra redire tout ce qu'il y a de lamentable en ta condition aux regards d'un chrétien? Réponds : où est la foi de tes pères qui charmait ta vie? où est l'espérance qui soulageait tes maux? Accuse ceux qui t'ont ravi le meilleur et le plus assuré de tes biens. Tu connais les émissaires qui sont venus vers toi, tu connais et leurs artifices et leurs calomnies, et les noires et fausses couleurs sous lesquelles ils t'ont dépeint ce qu'il y a de plus saint et de plus vénérable sur la terre. Ils voulaient t'abrutir sous prétexte de t'éclairer, sachant bien que du jour où ils t'auraient abruti, ils auraient bon marché de tes peines et de tes sueurs. Et les lâches, ayant réussi en leur dessein homicide, ils t'ont livré au plus affreux désespoir. Prie, ô peuple, prie le Père céleste qu'il envoie vers toi ceux-là seuls qui peuvent soulager ce que tu ressens en ton âme et en ton corps. Prie-le que son règne arrive, que sa volonté soit faite, et le souffle de sa bouche dissipera les trames des méchants qui retiennent captive la vérité pour assurer à leurs vices une licence plus effrénée.

Admirons, si l'on veut, les savantes théories de l'économie touchant le travail et la division du travail, la liberté du commerce, les débouchés, les banques et les monnaies; mais reconnaissons en même temps qu'à l'égal des autres sciences de ce siècle elle pèche par des endroits essentiels, que ses conséquences pratiques décèlent avec la dernière évidence. En effet, la science économique, telle qu'elle s'est développée en Europe, l'Italie exceptée, estime et calcule la fatigue d'un homme, c'est-à-dire ce qu'il peut produire par son travail, comme on estimerait la fatigue d'un cheval ou d'une bête de somme. Or, ne montrer dans la nature humaine que son aptitude à la production matérielle et la livrer ainsi ravalée à l'avidité des entrepreneurs, n'est-ce pas, je le demande, fonder sur le mépris de l'homme l'art d'augmenter la richesse?

Ce mépris reçoit une nouvelle confirmation d'une maxime capitale en économie politique, à savoir : Développons sans mesure les moyens de production et les moyens de consommation, maxime non moins absurde en soi que féconde en toute espèce d'immoralités, puisqu'elle excite dans les producteurs un désir immodéré de produire, et partant une concurrence illimitée, et dans les consommateurs un désir immodéré de consommer, et partant une convoitise illimitée des biens de cette vie. Qu'est-ce autre chose, sinon lancer dans une carrière indéfinie toutes les passions déchaînées et les pousser haletantes et épuisées jusqu'à la plus extrême misère? Car, dès lors, quelle arène terrible! La lutte s'établit entre les entrepreneurs non-seulement de la même industrie, mais encore entre une industrie et une autre, entre une nation et une autre nation. Le monopole, soit des inventions ou des marchés, soit des matières premières ou de certaines fabrications, est à la fois le but et la récompense que l'on se propose, et le monopole traîne après soi la banqueroute, la disette et le désespoir.

Ce n'est pas tout; si l'on fait réflexion que, les besoins d'une société déterminant le cours de la consommation, plus le producteur saura accroître et flatter les besoins du consommateur, et plus il multipliera ses produits et sa richesse. Et comme les besoins réels sont nécessairement bornés, il s'étudiera à en faire naître même de factices. Calcul corrupteur, puisqu'il tend à tromper et à irriter jusqu'à l'excès la faiblesse et la sensibilité du cœur humain, que tient en haleine une concupiscence toujours assouvie et toujours insatiable.

Entre les spéculations de l'entrepreneur ou du capitaliste et les joies du consommateur, vous distinguez un homme qui n'est pas entrepreneur, étant consommateur à grand'peine, c'est l'ouvrier. Cet homme, que devient-il? Comme la production, hâtée surtout par la puissance des inventions mécaniques, surpasse nécessairement la consommation, elle a pour effets immédiats des temps d'arrêt, et partant, pour l'ouvrier, de fréquents chômages. Comme de plus l'entrepreneur, en concurrence avec ses rivaux, doit produire beaucoup et à bas prix, et que d'ailleurs il dispose des capitaux, il fixe ou plutôt il impose le taux des salaires, c'est-à-dire qu'il les abaisse. Et tel est son empire, aussi bien que l'empire du besoin, que les ouvriers souffrent violence jusqu'à se faire entre eux une perpétuelle et funeste concurrence. Que si néanmoins on objecte que les salaires ont augmenté en comparaison de ce qu'ils étaient jadis, il suffit d'observer que les logements et les denrées de première nécessité ont reçu, par le cours des circonstances, une hausse considérable. Enfin, l'ouvrier est homme, et comme homme il a des passions. Et pourquoi n'aurait-il pas les siennes, lorsque ses maîtres en affichent de si étranges et de si effrénées? Ainsi, facilité de la production par le moyen des machines, excédant de la production sur la consommation, chômages et rabais des salaires, concurrence intestine, cherté des denrées premières, passions sans ordre et sans prévoyance, en voilà assez pour s'assurer que l'ouvrier n'est pas à la fois producteur et consommateur, et qu'il est hors d'état de consommer même à vil prix ce qu'il produit à vil prix. Que l'on cesse donc de nous vanter le peuple mieux logé, mieux nourri, mieux vêtu, du moment qu'à certains égards il est de pire condition que l'esclave des temps antiques. N'a-t-il pas aussi ses maîtres d'autant plus durs que la loi ne fait peser sur eux aucune responsabilité? Le salaire n'est-il pas une véritable glèbe où il vit attaché, et l'industrie un champ qu'il arrose de ses sueurs sans avenir ni espérance? Qu'importe qu'il soit déclaré libre celui que la nécessité soumet au plus fort et que dompte la faim, plus poignante en présence de l'abondance de toutes choses!

Ils n'ont pas réfléchi, ceux qui ont cherché les sources de la richesse, qu'elles deviennent amères et empoisonnées sans la crainte de Dieu, *commencement de toute sagesse*. En effet, les grandes règles de la religion peuvent seules contenir et réprimer l'exclusive âpreté des intérêts matériels, dont le choc produit si souvent ces éclairs sinistres et ces foudres qui frappent les sociétés. Funeste aveuglement des économistes, qui se manifeste au fur et à mesure que l'on avance dans leurs travaux! On s'étonne, on se demande s'il s'agit d'hommes ou de machines; et bientôt l'on ne s'étonne plus, quand on entend mugir sourdement ces horribles tempêtes qui annoncent assez que la science économique n'a pas encore reçu de l'harmonieuse et douce vérité un empire pacifique et bienfaisant. Enivrée néanmoins de ses succès, achetés au prix de tant de souffrances et de vices, cette science, toute secondaire qu'elle soit en la hiérarchie des sciences, aspire orgueilleusement à tenir le premier rang. Usurpation intolérable! Comme si, sur la terre, il n'y avait pas des intérêts plus relevés, comme si gagner de l'argent était tout l'homme, qu'il n'y eût rien autre ni avant ni après, et que de telles prétentions ne rencontrassent pas une invincible protestation en ces paroles où se remue toute une science : *Cherchez d'abord le royaume de Dieu et sa justice, et le reste vous sera donné par surcroît.* Ne dirait-on pas que, pour en confirmer la justesse, toute créature résiste à sa façon ou ne se plie qu'en gémissant à la main dure de l'industrie moderne. Ainsi, celle-ci s'aveugle en ses propres pensées, se précipite, s'embarrasse dans sa propre sagesse, tandis que ce qui est bon de soi change de nature et se convertit en un mal. Si bien qu'au lieu d'être une généreuse émulation qui réveille le génie et stimule les hommes à mieux faire, la concurrence s'est transformée par ses excès en un fléau mortel. Le travail, imposé à l'homme dès l'origine et destiné à le sanctifier, l'a accablé et brisé, non moins fatal à la vigueur de son corps qu'à la vigueur de son âme, dont il a flétri la grâce et comprimé l'élan vers Dieu. La richesse qui, semblable à un grand fleuve, devrait répandre la joie et l'abondance, s'étant ramassée en un petit nombre de mains avares, a défrayé la débauche et nourri un luxe insolent. Il n'y a pas jusqu'à ces inventions ingénieuses que Dieu accorde à l'homme comme un soulagement à ses travaux, qui n'aient contristé le pauvre mercenaire, réduit à leur envier les sueurs qu'elles lui épargnent. Et, chose remarquable, le peuple, qui le premier a fléchi le genou devant le veau d'or, a vu aussi le premier surgir en son sein la tyrannie industrielle, traînant à son char la hideuse misère sous tous ses aspects, la banqueroute imminente et l'esprit de division. Le premier il recueille ce qu'il a semé et s'avance vers un sombre avenir, toujours penché sur un abîme qu'il travaille toujours à combler, et que, par un supplice toujours renaissant, il ne comble point, malgré les prodiges de son indomptable génie.

Supposons qu'un Lycurgue ou un Solon, ayant lu ses lois au peuple, eût ajouté : « Il me reste, ô citoyens, pour assurer votre liberté et la prémunir contre les entreprises de l'ambition, à vous proposer une dernière loi, laquelle sera le couronnement des institutions que vous acceptez comme règles de vos destinées. Cette loi, la voici : Il sera permis à tous citoyens sans exception, aux sages comme aux insensés, aux plus honorables comme aux plus vils, de dénigrer à leur guise le chef de l'État, les ministres, les généraux, les employés, d'attirer sur eux la haine et le mépris, et non-seulement de censurer, mais encore de fausser leurs actes et jusqu'à leurs intentions. Cette faculté du dénigrement et de la calomnie, chacun l'exercera à l'égard de la religion, du culte et de ses ministres, et cela sans aucune restriction; de telle sorte qu'il lui sera loisible d'immoler le tout à la risée publique, et, si bon lui semble, de proposer une autre religion, un autre culte et d'autres pontifes. »

Législateur, lui eût reparti le bon sens du peuple, quelle démence est la tienne? Nous avions mis notre confiance en ta sagesse, et voilà que tu renverses ton propre ouvrage. Réponds à ton tour : avec ta loi que deviennent les garanties et la stabilité de nos institutions? Quoi! il nous faudra changer de religion et de gouvernement plus rapidement peut-être que l'hiver ne succède à l'automne et le printemps à l'hiver!

Disons-le hardiment, se fût-on de propos délibéré posé le problème suivant : découvrir le moyen le plus efficace de détruire toute autorité et toute saine doctrine aussi bien qu'à trancher les liens de toute société, on n'eût pas mieux trouvé qu'une presse sans retenue, libertinage honteux, détestable intempérance, que le communisme même bannit de ses rêves, tant il est vrai qu'il y a parfois dans l'erreur des instincts infaillibles, dès qu'il s'agit de pourvoir à sa conservation! Et quoi! des hommes, avides de gain ou brûlants d'ambition, ou tout simplement pressés par le besoin de vivre au jour le jour, pourront attenter impunément à l'honneur et à la réputation d'un chacun, impunément faire et défaire toutes les renommées, impunément avilir tous les talents, s'ériger en oracles de la chose publique et assouvir leur envie et leur cupidité au détriment de la sécurité commune et des vérités les plus fondamentales? Le débauché au sortir d'une orgie barbouillera un morceau de papier, et le lendemain ses blasphèmes voleront à travers tout un peuple. Et il nous faudra plier la tête, et fertile en palliatifs, le siècle décorera cette monstrueuse prostitution de la parole du titre de liberté de la presse, de libre examen, de discussion libre, etc. Quel renversement d'idées! quelle confusion inouïe!

Sont-ce là les signes de la vie, ou bien plutôt les convulsions de la mort? Lorsqu'un jour la postérité demandera : Comment sont-ils tombés, ces peuples qui paraissaient si élevés en puissance? Une voix répondra : C'est l'intempérance de la parole qui les a tués : ils avaient donné droit de cité à la calomnie, de même qu'à l'art de corrompre la vérité, et après s'être soûlés de mensonges, n'ayant plus rien à quoi se prendre, ils se sont dévorés les uns les autres.

Je mettrais volontiers au défi de citer dans les annales du genre humain une autre époque que la nôtre où l'on ait débité avec une assurance plus doctorale tant de sottises, de faussetés et d'absurdités, et où tant de sottises, de faussetés et d'absurdités aient obtenu une créance si générale, que celui qui hésite ou s'y refuse est à l'instant même rangé parmi les sots, les abusés et les absurdes.

Qui ne voit que c'est tout mettre au hasard que de tourmenter suivant sa fantaisie les principes où réside toute la force des sociétés humaines, et de violer par manière de passetemps leur éternelle majesté, laquelle finit toujours par accabler ses profanateurs. La parole enivre et celui qui parle et celui qui l'écoute, et bienheureux l'homme assez fort pour n'être point ébloui de son prestige, ni étourdi du bruit qui l'accompagne. Que l'on y regarde de près, et l'on s'assurera que le grand talent avec une tête mal faite (bizarrerie plus commune qu'on ne pense) peut contribuer à plus embrouiller les questions que non pas à les éclaircir. Combien de fois n'a-t-il pas altéré et confondu jusqu'aux plus simples notions, dont personne ne disputait et que chacun croyait comprendre passablement !

Voudrait-on nous faire accroire que la religion catholique a été jetée en la terre comme une orpheline, tandis que son divin fondateur, l'ayant conçue par un acte simple et tout-puissant de sa pensée et enfantée vivante et accomplie, l'a dotée avec une prévoyante libéralité de tous les dons, nécessaires à sa défense et à sa conservation ? La parole lui a été départie comme un glaive à deux tranchants, puissante à frapper et à guérir les esprits superbes, à convaincre comme à persuader. Cette parole n'est pas vague et arbitraire, mais précise et définie en son objet, confiée à la garde de l'apostolat, lequel tantôt la fait entendre dans le temple de Dieu, et tantôt la transmet dans des écrits graves et substantiels. Bien plus, à la puissance d'une parole sans égale dans tous les siècles, s'ajoute l'immobile fermeté d'un corps hiérarchique, si merveilleusement ordonné qu'il se répand d'une extrémité du monde à l'autre. Il se meut comme un seul homme et communique à tous les points de la circonférence, si multiples et si étendus qu'ils puissent être, la plénitude de vie qui s'échappe du centre par un écoulement intarissable de grâce et de sainteté. L'homme-Dieu a encore inspiré aux siens un esprit d'ardeur et d'activité, dont la vertu engendre et multiplie le bien. Car l'Église parle plus hautement et plus éloquemment par ses actions que par ses paroles. Approfondissez davantage, si vous le voulez, et vous ne découvrirez rien de plus pour ce qui regarde les moyens extérieurs, par où l'Église catholique se défend dans la lutte et se conserve en s'agrandissant. N'est-ce pas en effet à sa parole, à sa hiérarchie et aux prodiges de sa charité qu'elle a dû et qu'elle devra toujours ses plus belles et plus durables conquêtes ?

Or, sied-il à une religion céleste par son

origine et si élevée par son caractère, de se jeter dans une mêlée où siffle le blasphème au sein de la plus tumultueuse confusion? Lui sied-il de se mesurer et de se colleter pour ainsi dire jour par jour, heure par heure, avec des hommes, qui rient le lendemain de ce qu'ils ont débité la veille? Le temps n'a-t-il pas à son égard une tout autre valeur? Ceux qui lui prêtent une attitude si peu digne aux yeux du public ont-ils assez médité la cause qu'ils prétendent soutenir? Savent-ils bien à quel esprit ils appartiennent? A des injures renvoyer d'autres injures, déplorable extrémité pour un chrétien! faiblesse qui ne lui est pas permise! ce n'est plus convaincre, mais aigrir son adversaire, attiser le feu de sa colère contre la parole qui déclare que *la colère n'avance pas le royaume de Dieu*. Que si d'ailleurs l'on se persuade que, pour ne pas réfuter par d'autres erreurs une seule erreur, il n'est pas trop d'un homme de génie, que sera-ce lorsqu'il s'agit d'un déluge d'erreurs, dont le débordement impétueux emporte quelquefois jusqu'aux plus fermes appuis de la vérité?

Si peu qu'on ait vécu, il est rare que l'on n'ait pas rencontré de ces hommes subjugués par un des endroits de la religion catholique, si grande sous toutes ses faces. Ils s'en vont proclamant naïvement leur découverte, et songent de suite au profit et à la gloire qu'ils en peuvent retirer pour étayer leurs fragiles systèmes. D'autres, nouvellement ramenés à la foi en J.-C., et d'une plus droite intention, se laissent emporter à un zèle de novice. Ils ne rêvent que combats à rendre et victoires à remporter. On les entend s'écrier : Jetons-nous dans la presse pour dompter la presse, on n'a pas tout dit, nos armes sont à l'épreuve; et sans user d'un long discours pour répondre aux uns et aux autres, que l'on cite un seul homme considérable dans le catholicisme, lequel ait nourri des sentiments de cette nature ou se soit permis de pareilles rodomontades.

En France, l'esprit de parti domine les hommes, et l'esprit de coterie occupe les femmes, qui à leur tour entraînent les hommes. Politique, sciences, arts, tout doit passer par cette double filière, sinon, point de renommée. Et comme il est sans doute que toute coterie prend pour sa devise : *Nul n'aura de l'esprit, hors nous et nos amis*, combien de brevets d'immortalité ont été ainsi décernés à des poëtes, orateurs ou hommes d'État, qui, sans passer à l'autre vie, ont pu assister à leurs propres funérailles, ayant même par un rare bonheur joui d'un loisir assez long pour se composer une ou plusieurs oraisons funèbres. Le pis est que le catholicisme qui ne fait acception de personne, le catholicisme si large en sa doctrine et en son amour, a été rapetissé jusqu'à la mesure d'un parti, et je n'oserais dire, trop souvent jusqu'à la quenouille d'une coterie, si la vérité ne m'y forçait, non sans une douloureuse indignation.

Laissez des profanes, de longue main habitués au blasphème, ne rougir point de transformer en démagogue celui qui fut l'ordre et la sagesse incarnée. Laissez-les usurper une langue sainte, où leur condamnation se lit à chaque page. Pour nous qui avons la conscience de l'avenir, attendons et prions. Mais comment se contenir à la vue de chrétiens, bien plus, de prêtres, souillant leurs lèvres, purifiées au feu de l'autel, des abominations de l'impie? oh honte! oh douleur! aveugles et conducteurs d'aveugles, où allez-vous? Ignorez-vous ou feignez-vous d'ignorer que le Sauveur des hommes a consacré à tout jamais le principe hiérarchique en fondant lui-même une hiérarchie aussi durable que les siècles? Ignorez-vous qu'il a rendu à César ce qui était à César, que ses apôtres et ses martyrs n'en ont pas appelé du tribunal de César au tribunal des peuples, que jusque dans les supplices ils ont enseigné le respect dû à César, mourant résignés au regard d'une autorité inique et barbare, encore qu'ils en prévissent la ruine prochaine?

Malheur aux riches! a dit l'homme-Dieu. Mais a-t-il dit qu'il fallût leur arracher la richesse par le meurtre et la spoliation, pour en gorger l'avidité du pauvre et le rendre pire que les riches eux-mêmes? Et toutefois, enivrés d'un encens éphémère, vous vomissez des paroles de sang et de rapine, tandis que ceux que vous flattez vous dédaignent trop pour vous admettre dans la confiance de votre complicité.

Liberté, égalité, fraternité! trois mots, trois leurres, trois abîmes! La liberté, selon vous, *consiste non dans le droit, mais dans le pouvoir accordé à l'homme d'exercer, de développer ses facultés sous l'empire de la justice et la sauvegarde de la loi.* Définition louche et sans précision! vous préférez le *pouvoir* au *droit*, sans doute pour en venir plus vite au fait. Ce pouvoir, dites-vous, est accordé à l'homme : par qui? Vous passez sous silence ce qu'il serait intéressant de savoir. *Pouvoir d'exercer, de développer ses facultés :* quelles facultés et dans quelle mesure? Ce point est considérable. *Sous l'empire de la justice,* ajoutez-vous : c'est bien vague, surtout quand on sait que votre justice n'est pas la justice de tout le monde, et que *la loi,* c'est-à-dire votre loi, n'a rien de ferme ni de stable. La liberté, définie d'une façon si lâche et si captieuse, est inacceptable, étant grosse de tempêtes et d'excès de tous genres.

Nous disons, nous : *La liberté est le droit de faire ce qu'on veut, sans nuire à soi-même ni à personne,* définition qui, comprenant les rapports de l'homme à l'égard de soi-même et de son prochain, s'applique à toutes les conditions de la société et tranche dans sa racine tout principe de désordre, puisqu'elle repose sur des devoirs comme sur son fondement. Mais elle suppose aussi une doctrine assez haute et assez rigoureuse pour régler ce que nous nous devons à nous-mêmes et ce que nous devons aux autres.

L'homme nourrit dans le fond de son être le désir naturel et insatiable de vivre et d'étendre sa vie sans limites. D'où il suit qu'une doctrine qui dresserait nos pensées et nos actions de manière à nous conduire de perfection en perfection, jusqu'à réaliser cette irrésistible tendance à vivre toujours, serait la plus accomplie et la plus conforme à la nature humaine. Or, quelle autre doctrine que la catholique peut vanter une pareille suffisance? Et si quelque prétention s'élevait à cet endroit, ne serait-elle pas démentie sans réplique et confondue par l'expérience? Mes frères, disait saint Paul, nous sommes libres en Jésus-Christ, donnant assez à entendre que Jésus-Christ seul nous a enseigné le moyen de conquérir et de conserver la véritable liberté dans la vie présente, prélude de la liberté dans la vie éternelle.

Si la vie est le plus excellent des biens et que la liberté ne saurait être qu'une voie qui nous y conduise, il est évident que celui-là n'est pas esclave qui fait même avec répugnance des actions, dont l'infaillible issue est d'aboutir à la forte possession de la vie.

Aux yeux du disciple de Jésus-Christ, la li-

liberté découle de la sainteté, de telle sorte qu'il tient comme deux termes synonymes : homme saint et homme libre. Car tout homme qui conserve en soi un seul vice, vit dans l'esclavage et en proportion égale à l'étendue et à l'intensité de ce vice, cet homme fût-il d'ailleurs maître de l'univers. Un seul vice ne suffirait-il pas à infecter la terre de tyrannie et de servitude? Est-il même possible, historiquement parlant, d'assigner à l'esclavage une différente origine?

Les courtisans du peuple ne se lassent pas de lui répéter : tous les hommes sont égaux. Mais quoi! si cette flagornerie s'adressait à certaines races d'animaux, il m'est avis que ni bœufs, ni chevaux par exemple, ne se sentiraient d'humeur à souscrire à leur égalité respective. La nature humaine est la même dans tous les hommes : comment le nier? Et comment nier aussi que sur cette identité fondamentale se détachent des aptitudes et des facultés distinctes et par leur extrême variété et plus encore par leur inégalité prodigieuse de vigueur et d'essor dans l'invention, de génie et de hardiesse dans l'exécution. Vous voulez néanmoins ramener tous les hommes au même niveau, et dans ce dessein vous ravalez les plus grands caractères du genre humain comme pour le décapiter et passer sur lui le joug de la médiocrité. Vaine tentative! L'espèce humaine, ayant été créée suivant un ordre essentiellement hiérarchique, chacun y prend sa place de bonne grâce et sans envie, toutes les fois que le sophisme, favorisé par de coupables espérances, n'abuse pas les esprits en les éloignant de leur rectitude naturelle. Vous insistez, et vous dites : Au moins tous les hommes doivent être égaux devant une même loi. A quoi je réponds : Cette même loi serait injuste en tant que dépourvue de proportion. Car il est écrit : *Les puissants seront puissamment tourmentés.* L'égalité existe-t-elle en présence de la majesté et de la souveraine justice de Dieu, qui rendra à chacun *selon ses œuvres*, à des œuvres inégales une inégale distribution?

Que sera donc l'égalité dans l'ordre social, sinon le droit d'exercer nos aptitudes et nos facultés de manière à ne nuire *ni à soi-même ni à personne?*

Tout flatteur vit aux dépens de celui qui l'écoute, aussi bien le flatteur des peuples que le flatteur des rois. L'homme de bien se regarde comme obligé de dire la vérité, aux premiers avec franchise et sincérité, aux seconds avec les égards que requiert la majesté du pouvoir.

La fraternité renferme une idée et un sentiment trop relevés au-dessus des idées et des sentiments ordinaires de l'homme pour qu'on ne soit pas tenté de remonter jusqu'à Dieu, comme à son origine première. Ceux donc qui parlent de fraternité sans en rendre hommage à son divin auteur sont d'impudents plagiaires, d'autant qu'ils méconnaissent le sens intime et la nature de la fraternité. Donc elle n'est point leur bien propre et légitime, car ils ignorent que la fraternité s'allume au feu d'une charité céleste, laquelle purifie et dilate les cœurs et dompte chez eux l'orgueil de l'égoïsme. Allez, si vous le pouvez., unir les hommes d'un mutuel amour, au moment même où vous déchaînez leurs passions, dont vous irritez sans cesse les flammes impures et dévorantes. Quelle contradiction ! Les déceptions ne vous ont pas encore fatigués.

Mes frères! il n'appartenait qu'à l'homme-Dieu de révéler ce nouveau sacrement de la nature humaine et de l'établir sur une base immortelle en lui donnant pour appui son humanité déifiée, où se rassemblent tous ses membres en l'unité d'un seul cœur et d'une seule âme. Le monde vit avec étonnement apparaître la fraternité chrétienne, versant à pleines mains sur les vices des hommes les flots de ses tendresses et de ses dévouements. Car bien qu'elle rallie les fidèles du Christ en une même foi et une même espérance, loin d'exclure, elle proclame la nécessité d'un ordre hiérarchique, tempérant l'autorité et ennoblissant l'obéissance. Elle met l'une et l'autre sous la tutelle du Dieu vivant, lequel humilie les superbes et se plaît au commerce des humbles de cœur.

Jésus-Christ a seul aimé les hommes d'un amour fort et véritable, et après lui ceux-là seuls les ont aimés qui, par la puissance intérieure et surnaturelle de son esprit, ont extirpé jusqu'en ses racines les plus imperceptibles le germe de l'égoïsme, d'autant plus vivace qu'il est plus enfoncé dans le cœur de l'homme. Celui donc qui dit aimer son prochain en dehors de Jésus-Christ est un menteur, si préalablement il n'a prouvé qu'il ne sait ce qu'il dit.

Tenez pour suspect tout droit qui se sépare

d'un devoir, et réciproquement tout devoir qui se sépare d'un droit. Séparation funeste! Licence ou tyrannie!

Style prétentieux, enflure recherchée, descriptions à perte de vue, pensées vagues et contradictoires, présomption et abus du néologisme, scepticisme et témérité, importune vanité du *moi* qui se produit partout à temps et à contre-temps, signes évidents de décadence, ainsi que l'atteste le déclin des sociétés : car c'est de la sorte qu'elles ont toutes fini.

Comment en un plomb vil l'or pur s'est-il changé?

Qui nous rendra cette belle langue française, riche et majestueuse, variée, nombreuse et si fortement liée en sa période pleine d'harmonie, franche et robuste, hardie et tout à la fois heureuse en ses tours et en l'alliance de ses mots, et cependant simple, naïve et gracieuse en ses airs d'abandon et d'agréable familiarité?

D'adorateurs zélés à peine un petit nombre
Ose des premiers jours nous retracer quelque ombre.

Le reste, c'est-à-dire l'innombrable tourbe d'écrivains faméliques et salariés, ne retrace plus de cette belle langue qu'un informe squelette ou qu'un chétif avorton sans nerfs et sans jointures, sans chair et sans coloris. Le moyen de supporter ce jargon fatigant par la monotonie de ses phrases et de ses expressions, qu'une sorte de mécanisme pousse et ramène sans cesse sous la plume de gens, dont le moindre souci est d'étudier et de conserver dans sa pureté la langue de leurs ancêtres? Et l'étranger sourit et regarde en pitié cette misère de littérature. En effet, il ne se peut qu'un peuple infidèle à ses traditions religieuses et nationales respecte sa langue, résumé de sa vie morale et intellectuelle, œuvre traditionnelle, s'il en fut jamais, lentement enfantée avec amour et génie dans le plus exquis sentiment du beau. Et fût-il même possédé de la passion de bien dire, cela lui serait-il possible? Car enfin refuserez-vous le droit de forger des mots à des hommes qui se prétendent appelés à créer des idées et dans leur ivresse s'élancent vers la plus folle des conquêtes? Une seule chose leur échappe, c'est que les langues ne se refont pas, c'est qu'il n'y a rien de plus délicat et en même temps de plus rebelle, et que les vouloir plier aux caprices de l'innovation, c'est briser leur charme mystérieux, qui, en s'évanouissant, vous laisse pour châtiment la confusion et la barbarie.

L'Académie française doit sa naissance à l'inspiration d'un grand homme, instituée dans le dessein de conserver le génie et les traditions de la langue et de les défendre contre les attentats de téméraires novateurs. L'on ne pourra jamais trop reconnaître le zèle et l'austérité littéraire de cette illustre compagnie, qui a su élever au rang des plus nobles idiomes un langage d'abord informe, naïf, il est vrai, comme l'enfance, mais faible et incertain en sa marche que contraignait une servile imitation. Que sont devenus les travaux de ces pères de notre littérature, et leur enthousiasme et leur sollicitude pour l'enfant de leurs veilles? La négligence et l'ingratitude ont condamné leurs noms à l'oubli, pendant que leur riche héritage est passé aux mains de successeurs indignes, oracles menteurs et pontifes intrus dans le sanctuaire du bon goût. L'Académie de nos jours, dont le devoir était d'opposer une digue aux ravages de la corruption, éprise de l'engouement général, a plié avec tant d'autres institutions sous le joug des fantaisies et des erreurs du siècle; et ses lois, sans passé comme sans avenir, n'ont plus obtenu ni respect ni créance.

Les marchands seront les princes de la terre, a dit quelque part un prophète. Comment n'y croire pas aujourd'hui, que l'on vend et que l'on achète jusqu'aux choses les plus immatérielles, c'est-à-dire jusqu'aux productions de l'esprit. Car quiconque écrit, écrit pour de l'argent, et de façon à gagner beaucoup d'argent, ce qui en style du jour s'appelle vivre de sa plume. Si bien que l'argent étant l'unique but que l'on se propose et le souverain bien auquel chacun aspire, le goût, la critique, le style pur et châtié et les études qu'il requiert ont été réputés soins inutiles et superflus, puisqu'ils n'ont rien de commun avec le vivre et le couvert d'un honnête homme. L'on s'est créé un petit langage d'un usage courant, d'une si facile acquisition et d'une si étonnante uniformité, qu'il a permis à tous d'écrire dans le même style, comme la calligraphie peint avec les mêmes caractères. Les gazettes, enrôlant à leur solde une multitude de ces barbouilleurs mercenaires à tant la page et à tant la ligne, ont fait des lettres un trafic scandaleux, en même temps que, passant leur niveau sur les ouvrages d'esprit, elles ont flétri la fleur de notre langue et altéré sa vigueur native, affront sacrilége, dont la honteuse marque la suivra jusqu'à la postérité. Aux gazettes se sont joints les libraires non moins cupides, qui ont induit de malheureux écrivains à traduire les auteurs étrangers, sans se soucier d'insulter du même coup à l'idiome de leur patrie et à la majesté du génie en quelque lieu qu'il ait pu naître. Enfin, et pour comble de disgrâce, l'école ou la famille des *romantiques*, lâche et incorrecte en sa manière, hardie sans discernement et d'une présomption prodigieuse, a conspiré systématiquement à la ruine d'une langue déjà si affaiblie. On l'a vue, poussant l'audace jusqu'à l'impudeur, assiéger le seuil et emporter les places de l'Académie, la seule institution qui pût encore arrêter tant de débordements et de démence littéraire.

Le drame et le roman, ces deux genres de littérature peu héroïques, et partant d'origine vulgaire, se sont donné pleine carrière en ce siècle. Et tel a été l'excès de leurs déréglements qu'on n'en citerait pas un exemple, même dans les siècles de la dernière décadence. Encore se fussent-ils contentés de prendre leurs héros dans les moyennes sphères de la société; mais non, les auteurs romanesques et dramatiques se sont attaqués aux plus hauts personnages de l'ordre religieux et politique, et après les avoir défigurés avec un cynisme rebutant, il les ont exposés méconnaissables aux regards d'un public insatiable des représentations du vice, de la laideur et de l'invraisemblable. Les liens de la religion, les liens de toutes les autorités publiques et domestiques, ils les ont brisés comme des entraves dégradantes. Mœurs, pudeur, dévouement, générosité, tout a été souillé et immolé avec la plus frénétique licence. Comme s'ils n'eussent pas fait assez, ces mêmes hommes se sont mis un jour à remuer la fange de toutes les générations et les cloaques de toutes les cités, pour en soulever les puanteurs et infecter plus sûrement leurs contemporains de mortelles exhalaisons. Et les enfants du siècle ont aspiré avec délices ces miasmes impurs, et ils ont béni et caressé la main qui leur présentait le poison, et ils ont couronné les têtes d'où sortaient ces monstrueuses chimères, et les uns et les autres ont été emportés avec vitesse loin de ce qu'il y eut jamais de vrai et de beau sous le soleil.

Si d'aventure il plaisait à l'un de nos historiens ou de nos philosophes de nous démontrer, ne fût-ce que dans une préface, pourquoi les caractères ont souffert de notre temps un abaissement si considérable, il jetterait de vives lumières sur l'espèce de mal dont sont tourmentés ses contemporains. Qu'il me suffise d'énoncer cette vérité de fait, sans craindre que personne la puisse contester avec une apparence de raison. Car qu'est-ce qui rehausse la noblesse et la beauté d'un caractère, si ce n'est la constance dans les entreprises, la fidélité aux principes religieux et politiques, l'abnégation de soi, l'amour du bien et du vrai indépendamment de toute gloire et de tout intérêt, et, où le devoir l'exige, le sacrifice de toutes choses et même de la vie? Or ne serait-ce pas une folle exigence que de demander et cette constance inébranlable, et cette fidélité, et cette abnégation à des hommes qui se glorifient de ne reconnaître aucun principe fixe et immuable, astres errants de l'ambition et de la cupidité, nuées stériles livrées aux caprices des vents. Depuis 40 années la France s'est vue gouvernée par des maîtres, criblés les uns de cinq, les autres de dix, d'autres de quinze serments, c'est-à-dire d'autant de parjures, sans que l'on ait ouï un murmure d'indignation, la conscience publique s'étant trouvée à l'épreuve de tant d'infamies. Mais faut-il s'en étonner? ne dit-on pas tous les jours *acheter un homme*, comme on dirait acheter la chair d'un bœuf ou la graisse d'un porc? Ne dit-on pas : tel écrivain, tel député, tel employé s'est vendu; et l'écrivain ou le député marche librement et tête levée parmi ses concitoyens, qui de leur côté, mercenaires en désirs, ne prisent rien tant que d'exagérer leur importance pour se vendre et trafiquer de leur conscience au plus haut prix possible.

Est-ce donc merveille si, avec les formes riches et savantes, gracieuses et polies du langage, ont disparu les manières nobles et distinguées, respectueuses et prévenantes, simples et délicates? Où est maintenant cet art du savoir-vivre d'une si exquise perfection, qui, tout en excitant l'envie des étrangers, ne laissait pas de les attirer par une séduction irrésistible vers la nation française? Ce ton d'une élégante urbanité et d'une civilité fine et bienveillante se doit nécessairement perdre là où les ordres hiérarchiques sont confondus, tandis que l'autorité sans amour comme sans dignité est au premier occupant et l'obéissance pour personne. Il est remplacé par son contraire, c'est-à-dire par je ne sais quoi de commun et de trivial, quand il n'est pas grossier. Que l'on s'imagine en effet quels doivent être les rapports de civilité entre des hommes qui se disent libres, égaux et frères, d'une liberté, d'une égalité et d'une fraternité envieuse et brutale. Se gêne-t-on avec des égaux et des frères? Et si quelqu'un avait la tentation de se plaindre, la liberté, ombrageuse et jalouse, n'interviendrait-elle pas pour justifier les droits de l'injure et de la rusticité?

Qu'ai-je fait jusqu'à présent? J'ai passé en revue les rois, les nobles, les bourgeois, le peuple, les journalistes, les économistes, les gens de lettres, etc., et j'ai vu que les rois ont ruiné la monarchie par leur excessive ambition, que la noblesse s'est ruinée par ses fautes et ses aveugles préjugés, la bourgeoisie par son égoïsme et son manque de principes religieux et politiques, pendant que le peuple est demeuré sans foi et sans morale, pauvre et souffrant, à la merci de quiconque a voulu exploiter ses passions et ses misères. Les économistes ont établi leur science sur la base d'une production sans frein et d'une concurrence furieuse qui a plus immolé de victimes que les guerres et les tyrans. Les journalistes ont poussé l'abus de la parole jusqu'au dégoût et à la vénalité la plus méprisable, et les gens de lettres, partageant leur cynisme avec leurs profits, ont corrompu ou laissé déchoir la langue de leur patrie. D'où il suit que les abus des temps passés ont été surpassés peut-être par des abus plus intolérables, et qu'en tout état de cause chacun a contribué pour sa part à l'œuvre de destruction telle qu'elle s'offre à nos regards. Tous les hommes étant donc compris dans l'iniquité, selon l'énergique expression de saint Paul, nul n'aura le droit d'élever une plainte ni un murmure contre la Providence, de quelque façon que se tourne l'avenir et quelque désillusion qu'il réserve aux désirs et aux espérances des différents partis.

Mais nous n'avons pas tout dit encore : il nous reste à épuiser le calice jusqu'à la lie.

DEUXIÈME PARTIE.

SOCIALISME ET COMMUNISME.

En ce siècle, si curieux de tout savoir, l'on s'est demandé quelle est l'origine du communisme? Sans aller chercher ses ancêtres parmi d'illustres rêveurs ou des conspirateurs obscurs, nous affirmerons, en un sens plus large et aussi plus véritable, qu'il dérive logiquement de la réforme protestante et du rationalisme. La preuve s'en déduit en peu de mots : car la réforme, ayant nié tout principe d'autorité religieuse et le rationalisme tout principe d'autorité et religieuse et politique, puisque, d'après son dernier mot, il est loisible à chacun d'adorer ce qu'il veut ou de n'adorer rien du tout, d'élire son souverain ou de le défaire en vertu du même pouvoir qui l'a élu, tout fut remis en question. Après ces premières négations, le libre examen, venant à toucher les autres vérités de l'ordre religieux et social, dénuées de leurs fondements naturels, les ébranle sans peine, les agite comme un jouet et les chasse devant lui comme le vent chasse la poussière des grands chemins. Pourquoi la propriété, ce dernier rempart de l'homme sociable, ne céderait-il pas aux coups redoublés du libre examen? Doit-on s'arrêter devant une négation de plus ou de moins, du moment qu'elle peut être utile et que de notables antécédents semblent l'autoriser. Or la spoliation n'a-t-elle pas exercé ses ravages d'une extrémité de l'Europe à l'autre, depuis les individus jusqu'aux peuples tout entiers qu'elle étreint dans ses serres sanglantes? et, retenant le fruit de ses rapines, ne s'est-elle pas abritée sous la protection d'un nouveau droit commun, qui n'a d'autre raison que la force et l'empire du fait? Ainsi tous les hommes qui par quelque endroit ont écrit ou agi dans le sens de la réforme ou du rationalisme ont eu leur part dans la formation du monstre qui aujourd'hui répand la terreur. Serait-on téméraire si, pour citer un exemple entre mille, l'on s'avisait de prétendre que M. Thiers a quelque droit à l'affreuse paternité du communisme? Ses articles insérés au vieux *Constitutionnel*, son *Histoire de la Révolution française*, ses discours prononcés à la tribune non moins que l'ensemble de sa conduite, représentent, on n'en peut douter, des titres valables. Et encore que M. Thiers défende la propriété par conviction d'abord et ensuite en qualité de propriétaire, il est enfermé, quoi qu'il fasse, dans le cercle d'une logique générale, laquelle, dédaignant les inconséquences de détail, tend par un développement irrésistible vers le terme extrême de ses conclusions.

Durant le cours du XVIIIe siècle, le doute et le sophisme s'étaient essayés contre la propriété. Vint enfin Babeuf et son école, hommes non plus de désirs et d'idées, mais d'action et de réalité. Et comme les sophistes insensés, effrayés de leur propre ouvrage, étaient surpris d'un tardif et stérile repentir : « Quoi, leur ont-ils dit, vous désavouez qui n'a fait qu'exécuter ce que vous n'avez fait que penser, bien supérieur à vous, par conséquent, comme le Spartiate l'était au discoureur. Est-ce le seul Diderot ou l'auteur du *Code de la Nature* qui a soutenu que la méchanceté de l'homme était uniquement imputable à ses institutions sociales et politiques? Rousseau ne l'a-t-il pas prouvé par un livre entier ? n'a-t-il pas dénoncé au genre humain la propriété comme le fléau du monde, origine de ses maux et de ses crimes? et cependant Rousseau siége au nombre de vos dieux. Ces mêmes dogmes sont proclamés en vingt autres ouvrages très-connus, et après tant de longs traités pour nous apprendre que la communauté des biens et le nivellement absolu sont le vœu et la loi d'une nature sage et bienveillante, après que vous avez si souvent appelé un ange *exterminateur* pour réparer le passé et régénérer le monde, pouvions-nous concevoir une plus mâle ambition que d'être les précurseurs de cet ange et d'accomplir au moins en France ce qu'il doit accomplir un jour dans l'univers? Qui veut la fin veut les moyens, et pour réaliser ce qui n'était qu'en idée dans votre philosophie, ne fallait-il pas écarter tout ce qui s'opposait à cette juste et glorieuse entreprise? Or, n'est-ce pas un droit et un devoir d'exterminer quiconque, par son état, son éducation, sa fortune, sa religion et ses lumières, est l'ennemi naturel de la raison et de la vérité? Est-ce donc notre faute si, voulant tout reporter à vos principes, nous avons rencontré sur notre route ce qui avait un rang, une fortune, une religion, de l'éducation et des lumières? Le massacre est vaste, soit : mais qu'est-ce qu'un grand massacre devant un grand principe? Si vous hésitez, c'est que vous n'avez pas notre énergie, et cette énergie qui nous l'ôtera? Tant pis pour qui regarde en arrière et nous dit stupidement que nous avons été trop loin. »

De l'argent, toujours de l'argent; sans argent, la vertu et le talent sont des meubles inutiles. Acquérons du bien, plaçons des rentes sur l'État et sur les banques de l'Europe; ayons équipages, valets et cuisiniers, loge à l'Opéra, maison de ville et maison de campagne. Que les arts, les sciences, les machines, l'industrie viennent à notre aide et secondent nos vœux. Que la sueur du pauvre se transforme en or et coule dans nos coffres. Conquérons la terre à notre profit. La puissance, qu'est-ce autre chose que la propriété, représentation de toute grandeur?... Ainsi raisonnait ce siècle en sa convoitise, et déjà la terre semblait s'ébranler à son ordre, et l'or ruisselait dans ses mains comme l'eau dans le lit des fleuves, et il se disait : Jouis et repose-toi, mon âme. Mais une voix terrible se fait entendre : Propriétaires, répondez, qui êtes-vous?... vous êtes des voleurs... Qu'est-ce à dire? pour cette fois c'est une hérésie... contre la propriété. Qui n'admirerait comment le châtiment a suivi de si près les desseins d'un avare égoïsme?

Le socialisme, quelles que soient ses variantes, s'attache à la production industrielle qu'il veut réformer en ses abus moyennant l'intervention du pouvoir de l'État. Dans un tel système, l'État doit fournir gratuitement des capitaux aux travailleurs, et pour cela lever sur les capitalistes un emprunt, dont le produit est employé à l'établissement d'ateliers nationaux. Comme cet emprunt est levé par force, et que les conditions en sont dictées par le plus fort, qui ne voit ce qu'il a d'oppressif et par conséquent d'inique? D'autre part, les ateliers nationaux, établis et entretenus par des capitaux gratuits et faisant aux industries particulières une invincible concurrence, les minent peu à peu, en sorte qu'une première violence a pour issue la ruine de toutes les industries. C'est la concurrence qui tue la concurrence et qui, de cette manière, en finit avec tous ses maux.

Le socialisme n'en reste pas là, si nous en croyons un de ses plus illustres interprètes, puisque, déclarant abusives les successions collatérales, il les abolit et convertit les valeurs dont elles se composent en propriétés communales et inaliénables. Exploitées par des ateliers nationaux et ramassant par leur agrandissement successif d'énormes capitaux, ces propriétés soumettent l'agriculture privée à une concurrence par trop inégale, où elle doit nécessairement succomber, si bien qu'une seconde violence emporte avec soi une seconde ruine.

Lors donc que le pouvoir de l'État, c'est-à-dire lorsque les chefs du socialisme en possession de ce pouvoir ont démoli pièce par pièce l'ancien édifice social et qu'ils ont ramené toutes choses à la mesure de leur système, ils restent seuls maîtres du terrain. Alors, maniant à leur aise une matière indifférente à toutes les formes, ils laissent un libre cours à l'épanchement de leurs plus intimes pensées. L'hérédité directe s'évanouit, les salaires sont supprimés, chacun travaille selon ses forces et reçoit selon ses besoins. L'égalité la plus parfaite et le régime de la communauté étendent leur impitoyable niveau sur tous les citoyens, condamnés sans distinction à des espèces de travaux forcés. Les terres et les capitaux s'accumulent pour former le domaine d'une vaste communauté nationale, résumée dans une autorité, qui dispose souverainement des choses et des personnes.

Or, où chercher la raison de ce renversement de toute société? La voici : L'homme étant né bon, au dire des socialistes, ses vices et ses désordres doivent être imputés aux institutions sociales et nullement à son libre arbitre. C'est donc à la fois justice et devoir que d'anéantir une œuvre de corruption et de creuser si avant dans ses profondeurs qu'on en arrache jusqu'aux moindres racines. Pourquoi faut-il poursuivre la concurrence jusqu'à son extinction? Parce qu'elle est l'unique cause de la misère des peuples, et la misère l'unique cause des crimes; et de plus la concurrence n'étant qu'une des manifestations de la propriété, donc à ce titre et à tánt d'autres, mort à la propriété. Après ces exécutions naît l'âge d'or, et malheur à nous si nous ne nous figurons pas habiter le meilleur des mondes!

Le communisme succède au socialisme comme le soleil à l'aurore ou comme un règne pacifique aux luttes sanglantes. Aussi voyez quelle douceur et quel sort digne d'envie! Sous la houlette du communisme on ne connaît ni propriété, ni monnaie, ni ventes, ni achats.

C'est la communauté qui sème, moissonne, recueille les fruits de la terre, fabrique et produit le nécessaire de la vie. C'est elle qui, comme une bonne mère, répartit à chacun la nourriture, le vêtement, le logis et l'ameublement, à la condition toutefois que chacun travaillera plein de zèle et de dévouement. Le talent et le génie se contenteront de l'ordinaire, sauf quelques distinctions publiques qui leur seront décernées. Au reste le travail ne pèsera guère à personne, grâce aux admirables machines que la communauté multipliera dans tous les genres d'industrie. Pourquoi écrire, quand on est au comble du bonheur? L'imprimerie sera donc supprimée comme dangereuse ou pour le moins inopportune. Cependant il y aura des ateliers où se réfugieront les savants et leurs sciences, les poëtes et leurs vers, les écrivains et leurs idées, les artistes et leur enthousiasme, et leurs œuvres à tous comparaîtront devant un conseil de censure et de révision.

Dieu existe, on sait qu'il ne fait pas de mal aux hommes, pourquoi en demander davantage? A quoi bon se tant soucier de ce qu'il est ou de ce qu'il n'est pas, de ce qu'il veut ou ne veut pas? Questions oiseuses et sans objet. Aux femmes on donnera des prêtresses, aux hommes des prêtres ayant femme, lesquels prêcheront une morale merveilleusement simplifiée. Une muraille nue et sans emblème sera le temple où l'on se rassemblera, chacun suivant sa guise. Comme les hommes ont encore la manie de tenir à quelque religion, l'on ne s'y oppose pas. Un professeur de philosophie (on en réserve quelques-uns à cet effet) sera chargé d'exposer aux jeunes gens de seize à dix-sept ans les différents systèmes religieux, afin qu'ils choisissent en connaissance de cause, et choisissent justement le meilleur.

Ainsi tout est commun dans la plus accomplie des communautés, communs le gîte et le couvert, commune la gamelle, communes les femmes, commune la luxure, communs les vices, commune la fainéantise, commun l'abrutissement, communes la barbarie et la folie la plus éhontée comme la plus inouïe. Que tant d'extravagance ne soit finalement que la déduction logique de principes posés depuis longtemps, cela fait frémir et plongerait l'âme dans le désespoir, si l'on n'avait foi en une Providence miséricordieuse et réparatrice, qui a dit au mal comme aux flots de la mer :

Ici se brisera l'orgueil de ta puissance.

Afin de pallier de telles énormités, les beaux et nobles mots de fraternité, de charité et de dévouement retentissent sans cesse dans cette orgie du délire et de l'audace, et comme honteux de la violence qu'on leur fait souffrir, ils donnent assez à entendre qu'ils n'expriment plus ces sentiments, qui ne s'engendrent que dans les hauteurs de la vérité. « Fraternité! » s'écrie un de ces hommes de Babel[1], saisi d'un accès de bon sens, « frères tant qu'il vous » plaira, pourvu que je sois le grand frère » et vous le petit, pourvu que la société, notre » mère commune, honore ma primogéniture et » mes services en doublant ma portion. — Vous » pourvoirez à mes besoins, dites-vous, dans la » mesure de vos ressources. J'entends au con» traire que ce soit dans la mesure de mon tra» vail; sinon, je cesse de travailler. Charité! » Je nie la charité, c'est du mysticisme. Vaine» ment vous me parlez de fraternité et d'amour; » je reste convaincu que vous ne m'aimez guère, » et je sens très-bien que je ne vous aime pas. » Votre amitié n'est que feinte, et si vous m'ai» mez, c'est par intérêt. Je demande tout ce » qui me revient, rien que ce qui me revient.

[1] Proudhon, *Système des contradictions économiques*, t. I, p. 248.

» Pourquoi me le refusez-vous? Dévouement! » Je nie le dévouement, c'est du mysticisme. » Parlez-moi de *doit* et *avoir*, *à chacun selon* » *ses œuvres d'abord*, et si à l'occasion je suis » entraîné à vous secourir, je le ferai de bonne » grâce, mais je ne veux pas être contraint. » Me contraindre au dévouement, c'est m'as- » sassiner. »

Une question est-elle posée, il la faut traiter et résoudre, si l'on peut. Par exemple, que des écrivains aient soutenu que l'institution de la société, prise dans son sens le plus large, est corruptrice de sa nature : voilà une thèse générale, à quoi l'on répond par une autre thèse générale, à savoir : que l'homme, étant essentiellement social, ne peut vivre et se développer qu'à l'aide de la société, que par conséquent l'état d'isolement ou de *nature* est une pure chimère, rêvée par un cerveau mal fait ou malade.

Certaines gens décrient-ils telles institutions particulières en tant que funestes à telle ou telle réunion d'hommes, quoi! leur dira-t-on, si l'on a connaissance de leurs procédés, vous vous élevez contre les vices de notre société! à merveille. Mais vous ne vous apercevez pas que vous les remplacez par des vices évidemment plus pernicieux, et qui pis est, après avoir tout mis en œuvre pour ruiner les éléments de bien et de vérité sur lesquels se fondaient nos espérances d'une condition meilleure. Est-ce là une conduite loyale et sincère? Vous semez l'ivraie dans mon champ, et puis vous m'accusez de recueillir un blé pauvre et mélangé. Or, n'est-ce pas vous qui avez ébranlé les croyances religieuses, combattu le respect dû à l'autorité, affaibli l'existence de la famille : religion, autorité, famille, ces trois fondements de toute société, non-seulement bonne, mais possible.

Laissant donc de côté l'erreur, à qui l'on peut contester, en raison de sa mauvaise foi, le droit d'objecter, nous dirons qu'il est sans doute que les institutions sociales exercent une action considérable sur les mœurs et les habitudes d'un peuple, mais que tant s'en faut qu'elles suppriment le libre arbitre et partant la responsabilité de ses actes. Car dans ce cas les lois représenteraient la plus cruelle contradiction, puisque toute loi suppose toujours une violation possible de ses prescriptions, d'autant plus qu'elle est loin d'embrasser dans ses prévoyances tout le mal qui se peut commettre, ni tout le bien qui se peut accomplir.

Nous dirons en second lieu que de même que dans toute société l'on observe un effort constant et unanime tendant à éluder ou à fausser les lois, de même aussi un effort constant et unanime tendant à modifier ou à altérer les institutions. Si bien qu'à la longue un peuple finit par obtenir un système de lois et des institutions conformes à ses inclinations bonnes et mauvaises, vérité qui se peut réduire en des termes d'une plus haute généralité, à savoir : que *tout pouvoir est l'expression de la somme des vices et des vertus qui règnent dans un peuple.*

Enfin de ce que des institutions sociales sont imparfaites ou défectueuses, il ne s'ensuit pas qu'il les faille soudainement abolir, mais bien les réformer avec prudence et discernement, sous peine de rompre l'accord de continuité entre les choses passées et les présentes, d'interrompre le cours des traditions et de porter dans le tempérament d'un peuple un désordre irréparable. Car tout peuple vit d'une vie qui lui est propre, et après laquelle il ne lui reste plus que langueur et dépérissement : la lui arracher c'est le tuer.

Si la propriété est un vol, il est visible que, l'homme ayant toujours possédé, il est naturellement et incorrigiblement voleur, que la société tout entière repose sur le vol, que l'auteur de l'homme et de la société est l'auteur du vol, et qu'ainsi, le vol étant régulier et fondamental du monde, il est une chose bonne et partant aussi la propriété.

Si la propriété est un vol, il s'ensuit qu'il faut enlever au voleur ce qui ne lui appartient pas. Or, celui qui le lui enlèvera, quel qu'il soit d'ailleurs, deviendra à son tour propriétaire et par conséquent voleur en tant que propriétaire, plaisant cercle vicieux où passe et repasse sans cesse un voleur qui dépouille un autre voleur.

Le style est tout l'homme, à plus forte raison la propriété, puisqu'elle suppose l'emploi de toutes ses facultés intellectuelles, morales et physiques. C'est à proprement parler l'intervention de l'intelligence qui constitue la propriété, marquant sa différence d'avec une occupation capricieuse et bru ale. A la sagesse de l'intelligence toutes choses ont été données, parce que c'est elle qui les élève en leur imprimant le sceau de la Divinité, dont elle est l'image, et pendant qu'elle en prend possession au nom du maître souverain, elle dit avec toute vérité : Ceci est à moi. Or de même qu'il n'y a rien de plus intime à l'homme, ni rien qui lui soit plus en propre que ses facultés intellectuelles, morales et physiques, de même aussi la propriété qu'il s'est acquise par leur activité. L'homme est donc propriétaire en vertu et par l'autorité de sa nature, dont il plut à Dieu de lui révéler la destination, alors qu'aux premiers jours du monde il lui intima ce précepte : *Remplissez la terre et la soumettez, et que votre empire s'étende sur les poissons de la mer et sur les oiseaux du ciel et sur tous les animaux qui se meuvent sur la terre*[1].

Que si la propriété repose sur la nature de l'homme, qui osera lui contester le droit de la transmettre à un autre lui-même, à celui qu'il engendre de sa propre substance, à son image et ressemblance? Car en reproduisant son semblable, il se reproduit non-seulement pour ce qui regarde les conditions du corps, mais encore pour ce qui concerne les conditions de l'intelligence, en sorte que c'est surtout à la transmission de ses procédés que la famille doit son origine et forme une merveilleuse unité, ramassée en plusieurs membres et vivante en

[1] *Genèse*, ch. I, v. 28.

tous par l'héritage d'un même esprit comme par le lien des mêmes traditions. Si bien que de la sorte la famille assure le salut et la stabilité des sociétés humaines, tandis que sans l'hérédité complète et achevée les générations se succèderaient comme des ombres vaines, ou tout au plus semblables aux générations de la brute, invinciblement enchaînées dans les limites de leurs instincts.

Or, s'il lègue à sa postérité les fruits de son intelligence, l'homme obéit à un sentiment irrésistible, c'est-à-dire au besoin de survivre à soi-même; car il y a dans son fonds comme une semence d'immortalité, qui germe incessamment et pousse toutes ses pensées et toutes ses prévoyances vers l'avenir. Ayant la conscience de sa faiblesse, trop bornée au gré de ses désirs, il sent bien ne pouvoir, sinon que par de rares exceptions, forcer le genre humain à lui vouer un souvenir durable. C'est pourquoi il s'attache à la famille, il s'y réfugie comme dans son dernier asile, et s'y versant dans l'entraînement de son amour, il lui confie avec ses plus chères espérances le soin de rappeler parmi les hommes son nom et sa mémoire. Voudriez-vous étouffer en lui cette sublime ambition? Quand vous le voudriez, il faudrait découvrir une puissance capable de lutter contre un sentiment qui défie toutes les puissances, puisqu'il est produit par l'instinct de la vie et l'horreur de la mort. Et si cela était possible, qu'arriverait-il? Le cœur de l'homme aurait palpité pour la dernière fois, et la dernière étincelle de lumière aurait lui dans sa pensée; le cours et la merveilleuse harmonie du génie et de la vertu s'arrêteraient comme les sphères célestes, si par hasard elles demeuraient suspendues dans l'immobilité de leur mutuelle attraction.

Mais que dis-je? Dieu lui-même a voulu consacrer la propriété et l'hérédité. Car, encore que la loi en fût gravée en caractères vifs et profonds dans la nature humaine, il l'a rendue par son autorité en quelque sorte plus obligatoire, afin que quiconque la voudrait violer connût d'avance qu'il encourrait un châtiment inévitable. Écoutez : « Je suis le Seigneur ton » Dieu, tu n'auras point de dieux étrangers » devant moi, tu ne les adoreras, ni ne les ser» viras. Tu ne prendras pas le nom de ton Sei» gneur en vain. Honore ton père et ta mère, » afin que tu vives longuement sur la terre. » Tu ne tueras ni forniqueras point. Tu ne vo-

» leras pas. Tu ne porteras point de faux té-
» moignage contre ton prochain. Tu ne con-
» voiteras point la maison de ton prochain, ni
» son épouse, ni son serviteur, ni sa servante,
» ni son bœuf, ni son âne, ni quoi que ce soit
» qui lui appartienne. »

Voilà le fondement de l'ordre religieux, moral et social, et la déclaration du principe d'où sortent les lois humaines avec les notions du juste et de l'injuste. Or, elle roule tout entière sur la propriété, propriété souveraine et absolue de Dieu qui exige l'adoration, propriété relative de l'homme qui exige le respect. Admirez en même temps avec quelle force tout s'enchaîne et se tient dans ce premier modèle de toutes les législations. Voyez comme chaque devoir engendre un droit et lui prête une inviolable sanction ; car s'il m'est prescrit d'adorer Dieu et de n'adorer que lui, ce m'est aussi un droit, de telle sorte que toute puissance qui prétendrait m'empêcher d'adorer Dieu ou proposer à mon adoration un autre objet que Dieu est à l'instant même condamnée comme impie et abominable. Si c'est un devoir pour moi de ne pas tuer, ni de ne pas voler, ce m'est aussi un droit de n'être pas tué, et de n'être pas volé. Ne devant porter de faux témoignage contre personne, j'ai droit à ce que personne ne porte de faux témoignage contre moi. Ce m'est un devoir de ne rien convoiter de ce qui appartient à mon prochain, et réciproquement un droit à ce que nul ne convoite rien de ce qui m'appartient. Et remarquez comme l'abîme du cœur humain est mis à nu, puisque le désir, ce père de tous les crimes, est poursuivi et réprimé dans le secret où il couve ses appétits.

On a, il est vrai, depuis longtemps élargi la sphère des droits au détriment de l'ordre des devoirs, dont la négation a compromis les droits. Mais, quoi qu'il en soit, il reste encore des droits imprescriptibles de leur nature, ce sont les derniers. Le socialisme menace de les anéantir et avec eux jusqu'à l'ombre de la loi, de la morale et de la société. Pour réussir en ses desseins, force lui est de renverser la base sur laquelle Dieu a établi le monde, et comme ses ancêtres chantaient :

> Et des boyaux du dernier prêtre
> Serrons le cou du dernier roi,

il lui faut étrangler jusqu'au dernier propriétaire.

TROISIÈME PARTIE.

RELIGION ET PHILOSOPHIE.

L'apostasie des temps modernes, cause incessante de malheurs, remonte à l'origine fatale où des hommes ont dit : Le Christ n'est point Dieu. Attentat mémorable! car, dès ce moment, les notions du bien et du mal furent interverties, et l'Europe, blessée à mort et déchirée par un schisme très-étendu en ses ravages et d'une corruption si subtile, que les hommes qui depuis deux siècles ont donné le branle aux choses humaines, semblent appartenir à la même famille, tant ils se ressemblent par de certaines marques, et cela malgré les dissemblances plutôt apparentes que réelles de leurs maximes et de leurs actions.

L'Homme-Dieu, *voie, vérité* et *vie,* selon qu'il s'est défini lui-même, élevait dans le monde sa figure radieuse. Et comme des plantes croissent et s'épanouissent pleines de séve sous le regard du soleil, les enfants des hommes grandissaient en force et en sagesse sous le regard de Jésus-Christ, type incomparable du vrai, du beau et du bien, lumière resplendissante et guide infaillible des avancements et des élévations futurs du genre humain.

En effet, comme, par l'ineffable union de l'homme et de Dieu, l'expression la plus achevée du bien et de la vérité était entrée dans notre domaine, il ne nous restait plus qu'un travail de contre-épreuve et de déduction facile pour discerner la véritable marque et définir la valeur de toute idée et de toute institution. Mais dès que ce glorieux modèle se fut comme voilé et qu'il eut comme retiré en soi ses rayons bienfaisants, livrant en son absence la créature rebelle aux suggestions de la superbe, l'homme fut condamné à tirer de son propre sein la vérité. Ne l'y rencontrant pas, force lui fut de la mendier çà et là, de coudre les uns aux autres ses lambeaux épars et jamais réunis, et de n'en recueillir que des fragments.

Il dut refaire le monde, tandis qu'il en ignorait et la disposition première et le but final. Dans les ténèbres répandues autour de lui, il se figura que la vérité n'apparaissait dans le monde que par manière d'essai, toujours croissant, mais sans néanmoins arriver jamais à son entière manifestation. Cet effort progressif de la vérité à se faire jour éclate en de certains esprits remarquables dans la philosophie, les sciences, les religions ou la politique. Ils représentent la vérité en son état le plus avancé eu égard aux temps qui les ont vus naître. Parmi ces grandes intelligences, les premières venues s'effacent devant d'autres, qui à leur tour se lèvent sur l'horizon pour y briller durant une période déterminée, en attendant qu'elles s'éclipsent elles-mêmes, et ainsi de suite jusqu'à l'indéfini. De cette façon, la vérité, le droit et la justice, livrés à un état perpétuel de transition et de mobilité, se développent et se composent en quelque sorte comme un métal ou une stalactite au sein de l'espace et de la durée. Or, c'est d'après cette vue que depuis un siècle et demi a été traitée la science de l'histoire, de la religion et de la philosophie.

On ne s'en est pas tenu là. La négation de la divinité du Christ devait emporter les coupables à des extrémités plus étranges encore. Car, d'autant qu'ils conjuraient contre une doctrine fortement liée en son ensemble et non moins immuable en ses principes que variée en ses applications, majestueuse en sa simplicité, aussi ancienne et aussi jeune que le temps, ils n'ont rien oublié pour lui arracher son auréole divine et la ravaler jusqu'à n'être plus qu'une chose purement humaine. Aussi, quiconque n'a pas craint de fausser ses proportions et d'attenter à la pureté de ses harmonies, ils l'ont accueilli avec une particulière considération. Voulant grossir leur parti, ils ont appelé sous leurs étendards les hérésiarques et les hérétiques, les sceptiques et les rebelles de tous les siècles, héros privilégiés de leur roman, la *loi du progrès,* ancêtres dignes en vérité de leurs rejetons. Et peu s'en faut qu'ils n'aient persuadé au monde, tant ils l'ont affirmé, que Luther, Calvin et Socin, pour ne pas remonter plus haut, Bayle, Voltaire et Rousseau, Robespierre et Danton ne soient les pères et les bienfaiteurs du genre humain, et qu'ils n'aient fait l'actuelle civilisation ce qu'elle est, chose innégable! et ajoutons, tout ce qu'elle n'est pas.

Sans Jésus-Christ, exemplaire de toute perfection, le progrès n'est qu'une chaîne d'illusions et de tâtonnements pénibles, ou plutôt, un labyrinthe inextricable où l'on se perd et s'épuise à force de revenir sur ses pas. Non, l'homme n'avance pas indéfiniment et moins encore à l'infini. Disparaissez devant l'éclatante lumière du Christ, rêves fantastiques et superbes, non moins que sombres et douloureux.

Le Dieu du genre humain n'est point le dieu abstrait de la philosophie, mais bien un Dieu vivant qui crée et conserve sa créature, et la rachète, si elle a besoin de rédemption. Lors donc que l'homme se sépare du seul vrai Dieu qui est tout vie et tout activité, il tombe dans une langueur et une stérilité réellement effrayantes, comme s'il avait la conscience de sa disgrâce. Car il ne sait plus en sa misère que raviver les erreurs des âges primitifs, dont il déguise le honteux larcin à la faveur de paroles nouvelles, seule nouveauté souvent douteuse qu'il soit donné à sa faiblesse de produire. Mais, quoi! un habit neuf, jeté sur un cadavre, lui a-t-il jamais rendu la vie? Prométhée dérobe le feu du ciel : l'eût-il dérobé à des squelettes et à des momies? Qui n'admirerait que, dans notre siècle, où l'orgueil et la présomption ont été portés si haut, nos grands esprits n'ont rien pu faire de mieux que de renouveler les aberrations des Grecs, des Indiens et autres peuples, la métempsycose et le panthéisme avec ses variantes, le fatalisme et le scepticisme, les rêveries de l'idéalisme, le matérialisme stupide, vieilles friperies qui ne devraient figurer que dans les musées de l'histoire? Il n'est pas jusqu'à l'éclectisme dont ils n'aient fait leur proie. Ainsi, passant et repassant sans cesse par les mêmes cercles comme les damnés du Dante, ils s'imaginent qu'ils avancent quand ils reviennent sur leurs pas; qu'il en est bien autrement de l'homme enté sur la divinité de Jésus-Christ! Où sont ses limites? et quel esprit se flattera d'apprécier la vitesse et la sublimité de sa course, alors que, porté sur les ailes de la foi et de l'amour, il vole vers l'infini, y pénètre et se repaît de ses nouveautés merveilleuses et toujours renaissantes, alors qu'il est face à face avec sa splendeur et qu'il saisit enfin ce que l'on disait être insaisissable?

Qu'avez-vous fait, infidèles que vous êtes, du riche patrimoine que Jésus-Christ vous avait légué? Vous l'avez dissipé, et à chaque perte qu'il a dû souffrir entre vos mains, vous avez crié au prodige, et de progrès en progrès, j'allais dire de chute en chute, vous en êtes venus à ne plus comprendre que Jésus-Christ marque la ligne de séparation entre le vieux monde et le monde nouveau, le monde de la servitude et le monde de la véritable liberté. Vous avez oublié qu'il a aboli en sa chair les inimitiés de la chair, que sans lui vous retombez par une invincible nécessité dans la condition des esclaves, y entraînant du même coup vos dupes et vos victimes. Après la négation de Jésus-Christ que reste-t-il donc? La mort, et l'image de la mort qui embrasse comme dans un réseau funèbre vos desseins et vos entreprises.

Qu'on écrive, qu'on discute tant qu'on voudra, jamais on n'ébranlera une vérité dont la puissance brave toutes les atteintes et du raisonnement et de l'expérience, à savoir : que sans Jésus-Christ la vie du monde s'arrête, ne laissant plus à apprécier que la plus ou moins longue durée de son agonie.

Telle est tout ensemble la grandeur et la ruine de notre nature qu'elle ne saurait s'assouvir ni se réparer que par les dogmes chrétiens, lesquels ont seuls une correspondance vraie avec la mesure de ce qu'elle a de grand et aussi de misérable. C'est pourquoi attenter à ces dogmes et en dénigrer les dépositaires et les interprètes doit être réputé comme un crime de lèse-humanité, puisque c'est dépouiller l'homme de ses biens les plus précieux. Les dogmes forment une haute consécration des vérités qui font que les hommes vivent dans une société mutuelle. Retranchez, par manière d'exemple, la création de l'homme par Dieu et sa rédemption par Jésus-Christ, et puis prouvez que les hommes sont frères. Vous pourrez l'affirmer pour de certaines fins à vous connues; mais, encore une fois, vous ne le prouverez pas. Une nature commune, la ressemblance, direz-vous, en rendent témoignage : nature, ressemblance, paroles froides et creuses. La sympathie! mensonge. Car aimer l'homme pour l'homme n'est qu'une illusion sous laquelle se voile l'égoïsme le plus délié. Dieu est le foyer de tous les amours véritables et le seul motif qui nous rende capables d'aimer notre prochain comme nous-mêmes. Ce devoir est, en effet, d'autant plus onéreux qu'il nous faut tout apprendre et même jusqu'à aimer, si nous voulons aimer en toute vérité. C'est donc une nécessité que Dieu nous révèle la fraternité des hommes et qu'il nous l'impose par son autorité, afin qu'elle s'accrédite quelque peu dans le monde et ne coure pas le danger d'être étouffée dans le sang ou le mépris.

Un écrivain moderne a cru bien mériter de la philosophie en prétendant nous expliquer comment les dogmes finissent. Que n'emploiet-il son loisir à nous dire d'abord comment ils commencent? Il eût probablement vu pourquoi ils ne sauraient finir. Il ne savait donc pas, ce penseur ingénieux, que les dogmes sont les entrailles du genre humain!

Des hommes se sont rencontrés qui ont rêvé en leur cœur l'anéantissement du christianisme, et ces hommes sont morts dans leur impuissance avec le regret poignant de laisser derrière eux l'objet d'une haine non assouvie. D'autres n'ont pu se défendre d'admirer en lui je ne sais quelle grandeur et quelle grâce qui subjugue et captive les esprits, même les moins exercés à remonter aux causes des choses. Mais lorsqu'ils l'ont vu aux jours mauvais, engagé dans une de ces épreuves qui marqueraient les derniers moments de toute autre institution, ils ont dit : c'en est fait, il n'y résistera pas, et ils se sont endormis au sein d'une molle indifférence. Enfin sont venus les fils d'une astucieuse sagesse, affectant une hypocrite modération, et réclamant le rôle de médiateurs entre le christianisme et ses détracteurs. Hérauts d'une paix mensongère, ils ont enseigné, aux acclamations d'une génération étourdie, qu'il fallait porter au christianisme le respect que l'on ne refuse pas à une ruine majestueuse, qu'il était grand, en effet, mais d'une grandeur relative qui avait eu son temps. Et de nouveau, tourmentant le Christ dans le court espace d'une croix, ils se sont étudiés à chercher une certaine conformité du christianisme avec les besoins et les nécessités de certaines époques du monde ; après quoi, ils ont assigné une dernière limite à sa puissance. Ces nouveaux Procustes avaient beau l'étendre sur leur propre mesure ; la stature du géant de Dieu la dépassait toujours par quelque endroit, en sorte qu'ils ont pris le parti de l'écourter et de le réduire à leurs minces proportions. Or quel esprit doué de droiture et d'élévation n'a pas jugé et réprouvé cet effort d'une ingénieuse et froide impiété, du moins pour ce qui concerne le passé ? Quant à l'avenir, l'avenir répondra. Mais, que dis-je ? déjà le présent laisse tomber les fruits plus que mûrs et singulièrement amers d'un aussi détestable système [1].

[1] Cette manière de considérer le christianisme a été mise en vogue par MM. Guizot, Cousin, et généralement par les écrivains de l'école rationaliste. Il est visible qu'elle ne tend à rien moins qu'à renverser par sa base l'ordre religieux et social, qui parmi les peuples modernes repose uniquement sur la religion de J. C. Leur entreprise est d'autant plus imprudente qu'ils n'ont à lui substituer, je ne dirai pas

Si pendant seize siècles l'histoire de l'Europe n'est autre que l'histoire de l'Église, comment sera-t-il possible de comprendre les événements civils, leurs causes et leurs ressorts les plus secrets, à moins d'être intimement uni à l'esprit de l'Église? n'est-il pas clair que la première condition voulue pour étudier une doctrine ou une science quelconque est que l'on s'y unisse avec force? Comment, par exemple, espérer jamais de posséder les mathématiques, sans être mathématicien du moins par inclination? Or, depuis soixante ans, l'histoire des seize siècles et par conséquent de l'Église a été traitée par des écrivains, qui, loin d'être chrétiens, se trouvaient, par leurs engagements non moins que par leurs opinions, justement placés à l'extrémité opposée. Aussi combien de faussetés et que de vues étroites et malveillantes dans l'ensemble comme dans les détails! Que leurs contemporains aient porté jusqu'aux nues de pareils ouvrages, on ne saurait s'en étonner. Mais faut-il être prophète pour s'assurer que la postérité, moins prévenue et plus équitable, laissera ensevelis dans la poussière tant de labeurs et tant de talents, tristement conjurés à

rien d'équivalent, mais rien qui se puisse soutenir devant la critique la plus vulgaire.

violer la vérité et la majesté des siècles? On pourrait citer tel auteur [1] renommé par ses histoires, mais tellement aveuglé par ses préjugés irréligieux qu'il en perd jusqu'à la faculté de savoir lire, puisqu'il avance dans son texte tout le contraire des documents qu'il cite au bas de la page. Après cela, le moyen de ne pas crier merveille.

L'excellente et la surhumaine élévation de la doctrine catholique est telle qu'il ne se peut qu'il n'y ait une distance visible entre ceux qui la représentent et le type de perfection qui ressort de ses maximes. Car le gouvernement de l'Église n'a pas été remis à la pureté des anges, mais aux fragiles mains des hommes. Et selon cette vue le scandale que donne leur fragilité, loin de l'affaiblir, rehausse au contraire l'éclat de la doctrine, tout au rebours des doctrines humaines, où le talent et l'industrie de l'homme excitent une plus vive admiration que les choses mêmes qu'il prend à tâche d'inculquer. La doctrine de Platon serait-elle, par exemple, aussi grande sans le style merveilleux, les grâces et les couleurs séduisantes,

[1] Entre autres l'auteur de l'*Histoire de la Conquête des Normands*.

dont il a su orner et couvrir ses faiblesses? Avec quel esprit Arius ne défend-il pas son erreur et Luther sa réforme? Mais comme leurs doctrines sont négatives et partant d'une indulgence sans mesure, on est peu porté à s'ombrager des chansons d'Arius et de Luther, des intrigues du premier pas plus que des orgies et des impudicités du second.

Le catholicisme est, à vrai dire, une pièce trop ramassée en toutes ses parties et d'une trop dure résistance à ses adversaires, qui, ne pouvant l'entamer dans son essence impénétrable, n'ont d'autre expédient que de le blesser par ce qu'il a d'inférieur, comme sont les personnes qui représentent sa hiérarchie. D'autant que ces personnes sont hommes, il est peu difficile à leurs ennemis de les surprendre çà et là en défaut. Mais alors comme ils triomphent! comme leur joie éclate à cette découverte! Voyez ces prêtres, s'écrient-ils avec un sourire amer! A quoi aboutit toute cette indignation fastueuse et hypocrite? Après l'homme reste Dieu, auquel il plut de confier son œuvre à l'humaine fragilité, Dieu toujours fort à tirer un relief éclatant d'une misère, si décriée par une autre misère.

Les philosophes modernes n'ont pas eu de cesse qu'ils n'aient établi une entière séparation entre la révélation qui vient de Dieu et la raison que Dieu a départie à l'homme, mettant de la sorte en opposition ce qui ne devrait jamais être divisé. Ils ont réclamé les droits de la raison avec tant de bruit et de persévérance qu'à les entendre il semblait qu'elle eût toujours été retenue en esclavage. La raison, ils l'ont isolée, ils l'ont élevée sur un piédestal comme une statue superbe et dédaigneuse, feignant d'ignorer les faiblesses et les imperfections de leur idole. Pour lui avoir décerné les honneurs de l'apothéose, n'en a-t-elle pas moins besoin d'une lumière secourable qui la maintienne dans les voies d'un sens droit et pur? Israël s'avançait dans le désert à la clarté du soleil; et lorsqu'au jour avait succédé la nuit, une colonne de feu, image de la douce Providence, prêtait à ses pas incertains l'aide d'une lumière propice. Les philosophes, ayant de leur autorité propre déclaré la raison maîtresse de l'univers : Marche et prophétise, lui ont-ils dit, et ils n'ont assigné aucune limite à ses conquêtes. En effet, prodigieusement exaltée, elle s'est montrée prodigieuse en ses égarements jusqu'à broncher sur la plus essentielle des notions, sur celle de Dieu. Grâce à ces illusions, les deux tiers des personnes instruites en Europe ont de Dieu une idée incomplète ou tout à fait erronée, telle que le rationalisme la peut fournir ou telle qu'elle découle des sources impures du panthéisme.

Mais le mauvais naturel de la raison ou plutôt de ses interprètes ne tarda pas à se déceler; car, en brisant les liens qui la rattachaient à la révélation, elle lui avait juré une haine immortelle. Dès lors elle inventa avec la plus rare sagacité un système de supplices que l'esprit le plus raffiné en tyrannie aurait eu peine à imaginer. Et, chose non moins étonnante! toutes les fois qu'une tentative de résistance venait à l'encontre de la raison, elle s'émerveillait, s'aigrissait davantage, et sa colère coulait comme une lave ardente. Si on lui demandait : Que voulez-vous? que prétendez-vous? où est votre Dieu, votre foi, votre culte, vos dogmes? vous renversez et n'édifiez rien! elle riait avec amertume ou blasphémait avec assurance, jusqu'à ce qu'elle eût prononcé le grand mot : Plus de religion, et se fût écriée comme l'empoisonneuse des temps antiques :

Moi, moi, dis-je, et c'est assez.

Substituer la philosophie à la religion! quelle extravagance! Et d'abord on serait en droit de s'enquérir si la philosophie a un symbole, un corps de doctrine, un enseignement pour tous? où sont ses titres? quelles souffrances a-t-elle allégées? quelles espérances a-t-elle données à la douleur ou à la mort? quel remède pour le présent? quelle assurance pour l'avenir? Je vois un homme étendu sur son grabat, et voici venir un philosophe de la famille de ceux qui cultivent la philosophie transcendante; il s'approche du moribond : Courage, mon ami, tu vas être réuni à l'absolu et avec lui pétrifié pour l'éternité. Un autre croira grandement le réconforter en lui disant : Tu souffres, il est vrai, en ta forme actuelle, mais ne crains pas de mourir, au sortir de ce corps tu entreras dans un autre corps, tu retourneras sur cette terre qui te sourit si peu pour le moment, et, selon toute apparence, de pauvre que tu es tu reparaîtras parmi les riches. Il y a une autre consolation encore plus expéditive à l'usage d'un sectateur du matérialisme : Ami, patiente un peu, le jour de demain sera le terme de tes maux. La mort te replongera dans le néant, seul bonheur enviable, où l'on n'éprouve plus ni joie ni peine.

Quelle amère dérision, comme si l'âme de l'homme se repaissait d'abstractions et de pures opinions et que l'incertitude ne fût pas le supplice qu'elle redoute plus que la mort! A cette âme, créée pour la vie et l'immortalité, il faut des faits assurés, auxquels se puisse prendre sa foi, il faut des dogmes qui reculent la limite de son horizon; il faut un Dieu, mais un Dieu vivant et toujours présent à sa créature, un Dieu qui l'attire par ses promesses et la contienne par ses menaces, un Dieu qu'elle puisse aimer et craindre tout à la fois. L'âme a encore besoin d'une règle claire et précise qui, revêtue d'une sanction divine, serve de frein à ses excès et d'aiguillon à sa paresse. Telle est la plus vive et la plus impérieuse loi de ses désirs et de ses inclinations; et tenter d'en détourner le cours ou d'en arrêter l'essor, c'est se ranger au parti de la violence ou s'aveugler soi-même de propos délibéré. Qu'en cet endroit la philosophie confesse son insuffisance. Libre sans doute à des esprits méditatifs de se poser certains problèmes moins utiles que curieux et d'en faire l'objet d'une noble investigation. Que les philosophes donc, qui, en ce siècle, se vantent de marcher à la tête du genre humain et de lui frayer les voies de l'avenir, se gardent bien de porter une main téméraire sur l'arche sainte où repose la destinée des peuples ; car il n'en sortirait que des tempêtes effroyables, qui, éclatant sur leurs têtes, les frapperaient tout les premiers.

La philosophie propose souvent des vérités abstraites, générales, absolues, qu'elle soumet à l'analyse et à la synthèse, sans qu'il soit au pouvoir de ces dernières de les animer d'un rayon ou d'un souffle de chaleur généreuse. Dès qu'elle se sépare de son principe vivant, qui est la foi au Dieu créateur et rédempteur, elle n'apparaît plus qu'à l'état de mort, ombre vaine d'un objet méconnaissable en sa représentation. La philosophie se flatte plutôt de dresser nos pensées que non pas de rectifier nos actions, promettant à ses adeptes de leur éclaircir la vue et s'arrêtant aux limites du pur entendement. Mais le christianisme, tout d'un jet et tout d'une pièce, suit la voie opposée. Car d'autant qu'il embrasse l'homme en tout ce qui le constitue, âme et corps, il prétend diriger toutes ses puissances et toutes ses opérations. Dans ce dessein il commence par lui dire *Fais ceci et tu vivras*, et non pas Étudie et sois savant. La science est à ses yeux chose secondaire ou plutôt une conséquence de la pratique qui purifie, selon cet adage : *Tantum quisque scit quantum operatur*. C'est par le cœur, c'est-à-dire par l'endroit le plus faible, qu'il entreprend son œuvre et par l'amour appliqué à l'action qu'il élève les hommes à l'intelligence des plus hautes vérités, en éloignant d'abord l'obstacle qui s'oppose à ce qu'ils les puissent comprendre. Et encore qu'une des marques distinctives de son esprit se tire de sa tendance vers la pratique de la vie, on ne saurait néanmoins lui contester la vigueur et la sublimité de sa doctrine éminemment relevée par-dessus toute autre doctrine. Fort de la conscience de son art et de sa science, il affirme, il prescrit, il commande de faire ce que les autres ne conseillent qu'avec timidité. En quel état d'incertitude ou même d'égarement languissait la morale avant Jésus-Christ, et depuis lui, quand les hommes ont quitté sa lumière pour ne consulter que sa propre sagesse, quel rivage, de si facile abord qu'il fût, n'a pas été témoin de leurs naufrages ?

Venez, rassemblez-vous, lisez nos livres et voyez quelles lumières en jaillissent, s'écrient une foule d'écrivains épris d'un savoir qui les enivre comme un vin nouveau. Je me rends et je lis et je demande : Qu'est-ce que Dieu? Et l'on me répond : Un être de raison ou bien un aveugle destin, à votre choix. — Qu'est Jésus-Christ et sa doctrine qui compte en sa faveur tant de martyrs, de grands hommes et d'immortelles institutions? — Une pure fable, une fiction bonne pour un temps et aucunement pour un autre. — Que devient l'homme après sa mort? — Nous l'ignorons. Seulement nous sommes d'avis qu'il ne meurt pas. — Y a-t-il pour lui des peines et des récompenses? — Nullement, il persiste dans sa personnalité et cela lui suffit. — Qui doit obéir? — Le plus faible, — Qui doit commander? — Le plus fort ou le plus habile.

Voilà en effet d'étranges rejaillissements de lumières. Quoi! cette science si prônée consiste à nier et à nier toujours. On nie sans cesse, disons mieux, on a tout nié, à tel point qu'il ne reste plus rien à quoi se puisse prendre le fatal génie de la négation. A la vérité nous avons en revanche des chemins de fer et des bateaux à vapeur, des aérostats, des usines, des fonderies, d'excellentes teintures et d'étonnantes machines pour la laine, le coton et la soie, de brillants cristaux, des meubles artistement tournés, du luxe, des modes, des riens délicieux, c'est-à-dire l'ombre de la civilisation; mais sa réalité,... qui oserait l'affirmer?

QUATRIÈME PARTIE.

DE L'AVENIR.

La cause réelle de la décadence des peuples ne réside pas précisément en la supériorité matérielle d'un peuple sur un autre. Il la faut bien plutôt chercher dans l'oubli des principes qui soutiennent et font prospérer toutes les sociétés. Aujourd'hui la question de la supériorité relative des peuples européens se voile pour ainsi dire derrière une question de principes, puisque l'on ne s'enquiert pas de savoir, du moins pour le moment, si tel ou tel peuple, mais si tel ou tel principe fera prévaloir sa loi dans l'ordre social. Par conséquent, il est permis d'affirmer que celui des peuples l'emportera qui aura ravivé en soi ou plus fidèlement conservé les principes essentiels de force et de durée, et que la doctrine qui les contient d'une plus éminente manière, doctrine de salut et de réconciliation, finira par obtenir le sceptre du monde.

L'enfance et la vieillesse de l'homme sont les deux âges qui réclament surtout les soins d'une providence miséricordieuse : de même l'enfance et la vieillesse des peuples sont les deux époques où la Providence éclate avec le plus d'évidence et de majesté.

Dieu, est-il écrit, a créé les nations guérissables ; néanmoins, toutes guérissables qu'elles sont, combien de nations ont disparu pour ne reparaître jamais ! C'est que, pour opérer leur guérison, il faudrait ou quelque coup extraordinaire de la miséricorde divine, ou la rencontre de Dieu et de la liberté humaine, Dieu s'inclinant par l'effet de sa grâce et la liberté s'humiliant par l'effet de son repentir, rencontre difficile, attendu qu'un peuple qui a vieilli dans l'habitude du scepticisme et de la mollesse perd le sens du vrai et du bien avec la souplesse et la vigueur de l'âme ; car de même qu'un air pur et des aliments sains pris avec sobriété font fleurir la chair de l'homme, ainsi les saines doctrines confèrent à son âme une force et une jeunesse qui sont comme un parfum d'immortalité. Les effets contraires sont produits par la science de l'erreur. C'est pourquoi il est vrai de dire avec les saints livres :

Les nations s'enfoncent dans la mort qu'elles ont faite. Leur pied est pris au piége qu'elles ont caché. Le pécheur est pris dans les œuvres de ses mains. (Psaume IX, v. 15, 16, 17.) En effet, il n'y a pas pour les peuples une seconde vie, où les lois éternelles de la justice punissent le crime et récompensent la vertu en dernier ressort. Leur jugement s'exerce dès ce monde suivant des temps et des proportions dont la sagesse de Dieu s'est réservé le secret.

La Convention ne pouvait avoir qu'un temps, elle se dévora soi-même, emportée dans le tourbillon de ses propres violences, non toutefois sans avoir déposé dans les peuples de puissants germes de destruction. Napoléon, s'étant élevé et soutenu par l'épée, périt par l'épée. *Appelé* au trône, il ne fut pas *élu* comme chef de dynastie; car il manquait de ce calme puissant qui unit l'homme à Dieu, et de cette profondeur d'esprit qui se repaît avec délices des principes de l'ordre et de la vérité. Aussi le vit-on s'enivrer de sa propre grandeur, et, au lieu de lutter contre les tendances perverses de son siècle, dont le sentiment lui inspirait un secret effroi, il entreprit une lutte matérielle, digne plutôt d'un héros de roman, tant elle était gigantesque. Deux générations s'écoulèrent, et déjà sa trace n'était plus. La chute de Napoléon fut en partie l'œuvre du mouvement révolutionnaire, encore qu'il l'eût secondé à de certains égards. Dans ce nouveau triomphe du principe mauvais, l'autorité, un moment relevée par sa main victorieuse, dut rentrer dans le cercle des vicissitudes et des ignominies.

Vinrent les Bourbons. Comment leur bon sens traditionnel, non moins que leur âme noble et loyale auraient-ils contracté une alliance sincère avec la ruse et l'erreur? N'ayant par malheur ni le prestige du pouvoir qui charme des esprits abusés, ni l'énergie héroïque et continue qui dompte les résistances, ni le génie nécessaire pour opérer une transformation décisive entre l'état de l'ancienne et de la nouvelle France, leur pente naturelle les rejeta vers un passé stérile. Ils succombèrent, et leur destinée sembla se fixer entre deux exils.

Louis-Philippe se montra plus libéral en concessions, qu'il retira ou amoindrit peu à peu. Il fut populaire avec le peuple, bourgeois avec les bourgeois, habile avec les habiles, rusé avec les rusés, prodigue contre son humeur avec ceux qui vendaient leur dévouement. Il crut pouvoir bercer et endormir la révolution dans les délices du commerce, de la paix et des entreprises industrielles. Il eût été roi peut-être; mais Louis-Philippe avait une tache originelle indélébile, celle de son élévation au pouvoir, et sa sentence lui fut déclarée d'abord en la mort de son fils aîné, puis en sa propre personne, lorsqu'il dut quitter le palais des rois et traverser un peuple qui le regarda passer avec mépris et indifférence. Personne ne se trouvant qui pût ou qui voulût ramasser l'autorité si bas tombée, naquit la République de 1848, dont on se contenterait encore si elle était viable, et comme on lui accorde peu de créance chacun dresse ses plans et lui nomme un héritier.

Combien serait-il à souhaiter que le rejeton de nos anciens monarques vînt résumer l'existence de la France et assurer sa marche dans l'avenir, conciliant les extrêmes et ramassant en sa personne tous les malheurs, toutes les gloires, toutes les espérances, les droits et les devoirs! Mais qui ne s'aperçoit que la légitimité toute seule, d'ailleurs si respectable et si salutaire, est insuffisante à ce grand ouvrage? Le véritable héros des temps modernes aura pour mission de rendre à l'autorité son éclat et son empire, et d'imposer aux peuples le respect qu'ils lui doivent. Il refoulera dans les ténèbres les hommes de ténèbres, il s'attachera franchement aux principes invariables du bien et de la vérité et en arborera sans crainte ni sans reproche le glorieux étendard. Revêtu de lumière et de courage, ferme en ses conseils, puissant en ses œuvres, il fondera des institutions qu'il pénétrera de force et de vie.

Qui ne serait saisi d'un sentiment de tristesse et de pitié, lorsqu'en présence de difficultés formidables on ne découvre qu'intrigues, projets à courte vue, intérêts privés et mesures insignifiantes, œuvres de pygmées et marques infaillibles qu'une cause en est à son agonie! L'on se dit : Sans doute, puisque Dieu efface, c'est qu'il veut écrire.

On a répété sur tous les tons que de la réforme protestante datait la naissance de la liberté en Europe, la prospérité matérielle des peuples, l'abolition du despotisme, le libre examen, et avec lui la tolérance religieuse, l'extirpation des préjugés et des superstitions et l'avénement de la philosophie. Mais on ne saurait trop répéter non plus, puisqu'ainsi le veulent et la vérité et l'expérience, que jamais depuis la réforme il n'y eut plus de guerres et de carnages, plus d'oppressious et de misères, plus de vengeances, plus d'erreurs accréditées dans le monde, plus d'irrévérences à l'égard de la Divinité, plus d'indifférence en matière de religion, plus d'attentats à toutes les autorités, plus de vertige et de folie. D'où il suit que la réforme doit être tenue pour la corruptrice des peuples chrétiens et comme celle qui les a fait reculer et non pas avancer dans les voies de la sagesse et des sciences supérieures. Lors donc que les illusions devront s'évanouir devant la véritable lumière, ce sera une nécessité de prendre le contre-pied des maximes et des méthodes dont la séduction aura induit en erreur tant d'intelligences dignes peut-être d'un meilleur sort. La vérité, rentrée dans son domaine et de nouveau réconciliée avec le genre humain, ne dédaignera pas toutefois de recueillir les parcelles d'elle-même, çà et là disséminées durant la longue tempête qui aura mêlé le bien et le mal dans une même confusion.

Des idées ne périssent pas! disent les esprits arrogants, comme s'ils avaient des idées. Distinguons : il y a des idées qui ne périssent pas et qui font vivre, comme il y en a qui font périr. Or les idées qui font périr proscrivent les idées absolues et avec elles le type du vrai, du beau et du bien. Les idées qui font vivre proclament au contraire les idées absolues du bien, du vrai et du beau. Les idées qui font périr enseignent ceci : Tous les dieux sont bons, toutes les religions sont bonnes, point d'erreur, point de vérité. Pour les idées qui font vivre, il n'y a qu'un seul Dieu, qu'une seule Religion, qu'une seule vérité. Les idées qui font périr soutiennent : Le pouvoir vient d'en bas, mort à l'aristocratie ! Les idées qui font vivre : Le pouvoir vient d'en haut, honneur à l'aristocratie ! Au regard des idées qui font périr, la liberté est la faculté de faire ce qui plaît à chacun. Au regard des idées qui font vivre, la liberté n'est digne de ce nom qu'autant qu'elle s'accorde avec la raison et la piété. Les suppôts des idées qui font périr s'écrient : Parle, écris, critique, calomnie sans règle et sans pudeur. Les ministres des idées qui font vivre s'écrient de leur côté : Arrêtez ces fous, ces frénétiques, enlevez-leur l'arme de la parole, de peur qu'à leur propre ruine ils n'ajoutent la ruine du genre humain ! Selon les esclaves des idées qui font périr, la richesse, c'est le travail. Selon les sujets des idées qui font vivre, la richesse, c'est la vertu. Les premiers s'excitent dans leur ivresse: Développons à la fois les moyens de production et de consommation. Les seconds, saisis d'un saint enthousiasme, s'encouragent à une noble entreprise : Diminuons les besoins de notre corps, développons en présence de Dieu et des hommes les besoins de notre intelligence et de notre foi.

Hommes de mort nés à la destruction, d'où sortez-vous? De l'impure fermentation de toutes les erreurs. Et vous étant gorgés du fiel et du venin de toutes les négations, vous dites : Plus de propriété! et une voix vous répond avec calme : Sacrée est la propriété, malheur à qui la touchera!

Vous êtes puissants, je l'avoue, autant qu'on peut l'être avec le mensonge, et votre aspect inspire la terreur. Au cœur de l'Europe, en France, est assis le siége de votre empire, soutenu par des millions de bras, tandis que l'Italie, la Suisse, l'Allemagne, la Hongrie, la Pologne, l'Angleterre même gravitent autour de vous et n'attendent qu'un signal pour se lever comme un seul homme. Que tardez-vous encore? Pouvez-vous douter de la victoire? Et qui vous la pourrait disputer? Dans le camp opposé peu de dévouement, nul enthousiasme, des croyances affaiblies, des inquiétudes accablantes, l'incertitude et l'effroi, des dissensions à la veille du combat, tout conspire en votre faveur. On verra donc, ce qui peut-être ne s'est jamais vu, la vérité luttant seule avec son indéfectible énergie, son *unité qui peut tout* et sa *permanence qui renouvelle toutes choses*; car la sagesse l'emporte en force sur ce qu'il y a de plus fort, et quand son heure est venue elle ne frappe qu'un coup, mais ce coup est décisif, tant il porte juste... Rappelez-vous qu'un caillou ramassé dans le torrent et lancé par la fronde d'un humble berger alla briser le front de Goliath, le géant superbe, qui insultait aux armées du Dieu vivant, lequel se glorifie d'être aussi le Dieu des armées.

Que n'a-t-on pas débité sur la philosophie de l'histoire, que notre siècle estime comme le plus beau joyau de sa couronne! Il est vrai qu'on trouve tout en ses spéculations, excepté l'architecte suprême de l'univers, son premier et perpétuel moteur. L'intervention de Dieu créateur au milieu de ses ouvrages importune les philosophes historiens, qui, par dépit ou par embarras, le passent sous silence et ne reculent pas devant l'abîme du fatalisme.

Mais quoi! Dieu a-t-il donc renoncé à gouverner le monde? ou serait-il incapable de concilier avec l'empire de sa providence le franc-arbitre qu'il a départi à l'homme? Rien cependant n'est comparable, pour la grandeur et les solides instructions qu'elle renferme, à l'étude des voies et des moyens par où Dieu règle et tempère les choses humaines pour les amener au terme qu'il leur a fixé.

L'intelligence s'élève à une hauteur inconnue, elle assiste en quelque sorte aux conseils de l'Éternel, elle voit l'univers rouler sur ses antiques fondements qu'il n'est au pouvoir d'aucune créature de renverser et se rit des vains projets des hommes. Car combien courte et incertaine n'est pas leur prévoyance, puisqu'au moment même où ils croient atteindre le but de leurs désirs les plus ardents ils se trouvent, à leur insu et par des combinaisons imprévues, emportés à une extrémité tout opposée! Aussi, pourquoi craindre ou appeler les révolutions de cet esprit qui va et qui vient, toujours maîtrisé par une force supérieure, même en ses agitations les plus étranges? O sagesse inscrutable! ô profondeur des jugements de Dieu! les ruines du monde peuvent frapper un chrétien, mais l'effrayer, jamais. Il porte en soi l'invincible assurance que la vérité, la vertu et la justice sortiront toujours victorieuses des convulsions de la raison humaine; et que si les méchants triomphent pour un temps, c'est pour tomber avec une plus accablante ignominie.

FIN.

www.ingramcontent.com/pod-product-compliance
Ingram Content Group UK Ltd.
Pitfield, Milton Keynes, MK11 3LW, UK
UKHW021544260726
13993UKWH00002B/622

9 782329 156651